合肥工业大学出版社

朱首彦 著

横看唐诗竖读宋词

合肥市图书馆『趣味国学』系列丛书之二

图书在版编目(CIP)数据

横看唐诗竖读宋词/朱首彦著．—合肥:合肥工业大学出版社,
2019.7(2025.9重印)

ISBN 978-7-5650-4588-2

Ⅰ.①横… Ⅱ.①朱… Ⅲ.①古典诗歌—诗歌欣赏—中国—青
少年读物 Ⅳ.①I207.2-49

中国版本图书馆 CIP 数据核字(2019)第 166320 号

横看唐诗竖读宋词

HENGKAN TANGSHI SHUDU SONGCI

朱首彦 著   责任编辑 疏利民

出 版	合肥工业大学出版社	版 次	2019 年 7 月第 1 版
地 址	合肥市屯溪路 193 号	印 次	2025 年 9 月第 2 次印刷
邮 编	230009	开 本	880 毫米×1230 毫米 1/32
电 话	综合编辑部:0551-62903018	印 张	8.5
	市场营销部:0551-62903198	字 数	144 千字
网 址	press.hfut.edu.cn	印 刷	安徽联众印刷有限公司
E-mail	hfutpress@163.com	发 行	全国新华书店

ISBN 978-7-5650-4588-2   定价:36.00 元

序一

李杜文章在，光焰万丈长 ｜ 李永钢

"趣味国学"讲座是合肥市图书馆在传统文化传播方面一次成功的尝试。

习近平总书记在 2014 年曾指出："中华优秀传统文化是中华民族的精神命脉，是涵养社会主义核心价值观的重要源泉，也是我们在世界文化激荡中站稳脚跟的坚实根基。"因此，增强文化自觉和文化自信，是坚定道路自信、理论自信、制度自信的题中应有之义。

在实施公共文化场馆免费开放的民生工程中，合肥市图书馆一直致力于推广国学，传承中华优秀传统文化。经过认真筹划，我们于 2017 年初推出"趣味国学"系列讲座，旨在引导广大市民学习传统文化、爱上传统文化、运用传统文化，帮助读者尤其是青少年读者在潜移默化中了解中华民族的"文化基因"，提升人文素养，培养爱国主义精神和中华民族自豪感，并力争让国学经典以"春风化雨"的方式不断焕发出新的生命力。

优秀的文化需要优秀讲师讲授。朱首彦便是这样一位文史功底深厚、讲述方式别具一格的老师。他善于通过别致的教学引导、生动的现场讲述、丰富的图文演示，让广大青少年读者领略到课堂以外更博大的中国文化魅力。

在"趣味国学"讲座的课堂上，不仅有父母带着孩子坚持来听课，更有一家老少三代共同来了解传统文化。他们跟随朱老师轻松读史籍，趣味讲历史，灵活学国学。通过生动活泼的课程学习，他们深入了解历史，认识诸多历史人物，增强学习历史和传统文化的兴趣。还有很多中、小学校专门组织读书小组前来听课，不少学生每次课后都会认真整理听课笔记，写下自己的听课感受，在网络上与同学分享互动。

"趣味国学"讲座开办两年多来，已经推出诗词季、名著季、经典季、诸子百家季、书信季等诸多系列课程，受到广大青少年学生和家长的一致好评。大家纷纷建议我们将这些精彩的课程内容结集出版，让更多读者领略中华优秀传统文化的魅力。

于是，便有了这套"趣味国学"系列丛书。

2018年12月，在习近平总书记"一带一路"伟大倡议提出5周年之际，《写给青少年的"一带一路"历史》一书火热面世，拉开了"趣味国学"系列丛书出版的序幕。

在全国上下认真贯彻学习十九大精神，领会学习习近平新时代中国特色社会主义思想的大背景下，这样一本针对广大青少年学生的关于"一带一路"的通俗读物的出版，填补了广大中小学生了解、学习"一带一路"相关知识的阅读空白，更得到社会的广泛关注和普遍认可。

中华优秀传统古诗词课程同样是"趣味国学"讲座中的重头戏。从《锵锵古诗词，我是小达人》到《不一样的诗词课》，每年朱老师都会应大家要求安排不同内容的诗词专题课，读经典诗词、说诗人生平、讲诗词故事。通过诗词讲座，大家学到许多诗词，并掌握了大量诗词知识。

这次《横看唐诗竖读宋词》作为"趣味国学"系列丛书的第二册，将通过对18个关键词的解读，带大家穿越唐宋，吟诗诵词，领略别样的中华传统文化魅力。

"唐宋八大家"之首的韩愈在《调张籍》诗中说：

"李杜文章在，光焰万丈长。"以李白、杜甫为代表的唐朝诗人写出了光耀千秋的绝妙诗篇，我们应该学习、继承并发扬光大。

用现代的观点，从青少年的视角，审视历史，思考文化。每周日上午，"趣味国学"讲座准时在合肥市图书馆开讲，为广大市民持续带来真正有趣有料的优秀传统文化大餐。同时，"趣味国学"系列丛书的其他书籍也将陆续出版。

与诗为伴，与史同行。读文化经典，讲中国智慧。在传播中华优秀传统文化的道路上，合肥市图书馆还将继续努力。

作者系合肥市图书馆馆长

序二
一 点 意 思

胡竹峰

　　近来梅雨季，读这本谈诗词的书，想起周作人的书，实则想起的是书名。周先生有部集子叫《雨天的书》，其名甚好。想来雨水漫进苦雨斋，雨天幽暗的光亮照在书上，竟有羡慕的意思。

　　过去梅雨季常常读诗词。雨天的书，于我是雨天的诗集、雨天的词选。

　　夜越来越深，雨似乎越来越大，瓦片上雨点声密集。也或者夜里太安静了，只有雨声的缘故吧。纸窗下一盏油灯，青荧的灯光照亮书卷，随意读几行，心情晴正，雨声越发佳妙。这样的情味，入了诗词境地。可惜无人与共，只能由我独享。

南宋有个叫赵师秀的人，梅雨时节的夜晚，听着蛙鸣，写过一首诗，末了说：有约不来过夜半，闲敲棋子落灯花。有约不来的人失考，大抵是朱首彦一类人吧。

十几岁时最爱诗词，读苏轼，读白居易，读李白、陆游，还有整本的《花间集》。清人浦起龙《读杜心解》也一翻再翻，印象里，注释简要，有独到之见解。《横看唐诗竖读宋词》仿佛依稀，横看如横行，写作横行好，竖读也熟读，瓜熟蒂落成一家之言。朱首彦是解人，立论通达，多书卷气，言辞亦俏皮可喜，无冬烘气，无头巾气，偶尔下笔写露了，一览无余，也是自然的韵味，气息不失古雅。

我看诗词如知堂所言，有些诗意不妨由读者自己去领会，不定篇篇咬实究竟，从来不求甚解。一来是性情如此；二则力有不逮，学有不逮。"不求甚解"四个字，用于读诗词颇好。朱首彦先生欲做解人，此也痴气噫。人有痴，而后有成。

近年常常精神涣散。诗词还是读，只是读得少了，文章也在写，只是写得少了。诗词于我似点心，不求饱腹，只要一点意思。

读朱首彦的书，得了一点意思。一点意思就好。序言更是一点意思，我的意思到了。

是为序。

2019 年 7 月 7 日，合肥

作者系安徽省作家协会副主席、著名作家

目录

斯人篇

少年：归去来

曾有朋友问我："关于成语春风得意，能给一个比较形象的解读吗？"一番短暂的思维空白之后，我的脑海中闪现出李白《流夜郎赠辛判官》中的两句："夫子红颜我少年，章台走马著金鞭。"这是李白跟老友辛判官回忆当年在长安风华正茂的得意时光。二进长安时，李白已过不惑之年，但在这两句诗里，他分明还是那个老男孩。

少年白马

少年总是值得羡慕，尤其是在大唐时段。

少年行（其一）

唐　王维

新丰美酒斗十千，咸阳游侠多少年。

相逢意气为君饮，系马高楼垂柳边。

　　意气风发的王维曾经写过一组《少年行》（四首）。与后三首征战沙场、功成身退的慷慨相比，这首诗更像励志大剧之前一段温暖的前奏，在接地气的市井巷陌之间生出了一股狂放不羁的豪气。

　　卢照邻说："长安重游侠，洛阳富财雄。"（《结客少年场行》）更何况是雄姿英发的少年游侠。相逢痛饮，喝的当然是价值万钱的新丰好酒。京城＋美酒＋豪侠，就是"霸气侧漏"的英雄本色。

　　岑参说："一生大笑能几回，斗酒相逢须醉倒。"（《凉州馆中与诸判官夜集》）行走江湖，酒是最好的推介书。即便素昧平生，三杯饮尽，彼此也就成了意气相投的知己。

　　高楼之上酒酣耳热，酒旗之下杨柳拂风，白马驻足——这是一个令人拍手叫绝的空镜头：高楼与新丰美酒一样，匹配的是侠士的器宇轩昂；门前垂柳，一如少年玉树临风；骏马龙驹，更显主人的丰神俊朗。

　　酒逢知己，千杯不醉；酒逢少年，意气风发；身骑白马，江湖再见。

王维《江干雪霁图》

营 州 歌

唐 高适

营州少年厌原野，狐裘蒙茸猎城下。

虏酒千钟不醉人，胡儿十岁能骑马。

不只中原多豪侠，边塞的胡儿更是少年英雄。原野是营州当地奚族、契丹族少年的乐土。他们穿着狐裘皮袄在城外围猎，他们爱喝当地的烈酒，10 岁的孩子便可以娴熟地跃马扬鞭，驰骋草原。

今天的辽宁朝阳一带在唐时称营州，属于东北边塞。高适于天宝年间随军出塞，面对原野上纵马奔驰的胡儿，他不禁暗挑大拇指。狐裘蒙茸装束的可爱，千钟不醉酒量的豪爽，10 岁骑马技能的高超，无不塑造着营州少年的飒爽英姿。一方水土养一方人，原野成就了马背上的胡儿。

莫欺少年

20 岁那年，自信满满的李白登门拜访渝州（今重庆）刺史李邕（yōng）。作为当时著名的书法家和文学家，李邕眼光之高可想而知。对于眼前这个不拘俗礼、口若悬河的年轻人，他翻了白眼。这场剃头挑子一头热的"尬聊"草草结束。不久，李白托人给老前辈送来这首《上李邕》：

> 大鹏一日同风起，抟摇直上九万里。
> 假令风歇时下来，犹能簸却沧溟水。
> 时人见我恒殊调，见余大言皆冷笑。
> 宣父犹能畏后生，丈夫未可轻年少。

李白这是在郑重其事地对李邕说：我是谁？我不是一个普普通通的小伙子，我是庄子《逍遥游》里的那只大鹏鸟，遇上合适的时机，我可以御风翱翔直上九万里。也许你想起了小米科技有限责任公司创始人雷军的话："站在风口，猪可以飞上天。"我告诉你，即便风停了，从天而降的我不会落入水中，而是挥动翅膀，激荡起沧海更大的波澜。

他接着告诫李邕，你不要学那些凡夫俗子，对我的高谈阔论报以冷笑。孔老夫子（宣父）都曾说："后生可畏。焉知来者之不如今也？"你难道比孔圣人还要高明吗？记住，莫欺少年穷，千万别瞧不起年轻人。

与其说是申辩，不如说李白在教训这个比他年长 23 岁的老前辈。有胆识，不惧流俗；有志气，不惧权势；有勇气，敢做敢当——典型的李白式"少年狂"。

多年之后，李邕被权臣李林甫害死。李白闻讯，愤然写下："君不见李北海，英风豪气今何在！"（《答王十二寒夜独酌有怀》）27 年过去，李白还是那个光明磊落的"少年"。

唐宪宗元和初年，少年才子李贺眼巴巴看着同龄人进入科举考场而无能为力。原因非常奇葩：他的父亲名叫李晋肃，因为"晋"与"进"同音，而"肃"又和"士"有那么点儿谐音，于是他爹的名字可能被念成"李进士"。根据所谓的避讳原则，他这个做儿子的怎么能去参加考试做"李进士"呢？

致 酒 行
唐　李贺

零落栖迟一杯酒，主人奉觞客长寿。

主父西游困不归，家人折断门前柳。

吾闻马周昔作新丰客，天荒地老无人识。

空将笺上两行书，直犯龙颜请恩泽。

我有迷魂招不得，雄鸡一声天下白。

少年心事当挐（ná）云，谁念幽寒坐呜呃。

对于李贺的遭遇，大家都深表同情。一位朋友请他喝酒，劝他放松心情。请客的主人给他讲了两个关于怀才不遇的故事。

西汉时，年轻的主父偃来长安求取功名，始终得不到朝廷赏识，用光了盘缠，无法回乡。思念他的家人年年盼他衣锦还乡，将门前的杨柳都折尽了。

唐初的马周家贫好学，前往长安求官，路过新丰，夜间投宿时店主嫌贫爱富，对衣着简陋的他不理不睬。马周进入长安后投到中郎将常何门下做门客，一直默默无闻。

当然，"是金子，总会发光的"。主父偃后来直接上书汉武帝，受到垂青做了郎中，之后一年内连升四级。而马周替主人常何向唐太宗上书20余条，条条切中时弊，引起皇帝的注意，马周得以出头，后来做到监察御史。

故事讲完，主人建议李贺，有才华的你也应该毛遂自荐，上书皇帝，用你的文章打动天子，出人头地。

面对主人的建议，李贺呵呵一笑，说："听君一席话，胜读十年书。因为我坚守自己的人生底线，所以固穷至今。相信雄鸡高唱天下大白之时，也就是我时来运转一飞冲天之日。"李贺实在是一个高明的诗人，困顿压抑的酒局随着"雄鸡一声"豁然开朗。那一声鸣叫一鸣惊人，整个世界都为李贺这只蛰伏的雄鸡天朗气清。

李贺的振作也感染了主人，他鼓励道：年轻人就应该壮志凌云，唉声叹气是不会得到别人同情的。

读李贺的诗，没有人不为他丰富奇特的想象动容，不为他瑰丽奇峭的语言折服。一顿朋友间再平常不过的聊天小酒，因为他这样一个心事拿（"拏"同"拿"）云的少年，变得跌宕起伏，饶有兴味。客居异乡的"零落栖迟"，怀才不遇的"天荒地老"，困顿压抑的"幽寒坐呜呃"……都是在避熟就生的遣词造句中准确展现了长期郁积的苦闷激愤，而随着"雄鸡一声"，天光大亮，海阔天高，少年李贺的烦恼烟消云散。

当年，26岁的俄罗斯诗人普希金曾经充满深情地劝慰女友叶甫勃拉克西亚："假如生活欺骗了你，不要悲伤，不要心急！忧郁的日子里需要镇静：相信吧，快乐的日子将会来临……"

同样是忍受寂寞，同样是心向光明，少年普希金乐观坚强，少年李贺慷慨振作。守望未来的模式固然可以镇静深情，但是我们更应该为心事拿云、雄鸡一声的豪健点赞。

此间的少年

李商隐自幼聪颖过人，"五岁诵诗书，七岁弄笔砚"。9岁时父亲不幸去世，作为长子，他不得不"佣书贩舂"，帮助母亲维持一家人的生活。佣书，即替别人抄写文书；贩舂，即替别人舂米。在磨难这所大学里，李商隐练就一手好书法，写得一手好文章。

16岁那年全家移居洛阳，李商隐的才华被天平军节度使令狐楚发现。这位当时的文章大家不仅请李商隐进入他的幕府做巡官，还亲自教授他写作今体文（骈俪文体）。多年以后回顾令狐楚对自己的提携和教导，李商隐充满感激，写下了这首《谢书》：

> 微意何曾有一毫，空携笔砚奉龙韬。
>
> 自蒙半夜传衣后，不美王祥得佩刀。

　　龙韬，是古代兵书《六韬》之一，一般泛指军机。这里指的是令狐楚作为节度使的日常工作。传衣，在禅宗五祖之前，佛家都是通过衣钵相传来作为传授师法的信证，这里是指令狐楚密授李商隐为文之法。

　　王祥得刀是一个著名的典故。三国时曹魏大将吕虔有一口佩刀，经有经验的铁匠师傅鉴定，拥有这口刀的人未来一定可以做到"三公"的高位。吕虔做徐州刺史时，将这口佩刀赠给了别驾王祥（"二十四孝"里"卧冰求鲤"的那位主角）："我做不了三公，刀带在身边可能还有害。您有公辅的器量，所以送给您。"得刀的王祥后来果真做到太保的高位。临终前，他又将这口刀赠给弟弟王览："你的后代一定会兴盛，配得上这口刀。"此后王览官至光禄大夫。他的后代更是出现了王敦、王导等诸多东晋名臣。李商隐通过这个典故表达了对令狐楚的感激。

　　在这首《谢书》中，李商隐充满自谦和自信。他先是谦虚地表示，自己空拿着笔砚侍奉在令狐楚的身边，并没有做出什么成绩，根本无法报答长官兼恩师的知遇之恩。后面他则是自信地表示，如同五祖传衣、王祥得刀一样，自己得到了令狐先生的真传，将来一定不会辜负前辈的期望。

　　每一个有志的少年，都值得托付未来。

　　多年以后，步入中年的李商隐同样发现了一个少年才俊——韩偓。在老友韩瞻为自己安排的送别宴上，10岁的韩偓即席作诗，技压全场。5年以后回忆这件事，李商隐仍旧不住赞叹，于是题笔为这个乳名叫冬郎的少年写下两首诗。其中一首如下。

韩冬郎即席为诗相送，一座尽惊。
他日余方追吟"连宵侍坐徘徊久"之句，
有老成之风，因成二绝寄酬，兼呈畏之员外（其一）
唐　李商隐

十岁裁诗走马成，冷灰残烛动离情。

桐花万里丹山路，雏凤清于老凤声。

　　诗题超长，几乎是诗句的两倍，足见李商隐对韩偓的欣赏。他兴奋地记起韩偓所作"连宵侍坐徘徊久"的金句，激动地向他的父亲畏之（韩瞻的字）夸赞。

　　李商隐写诗爱用典故，这次他又借用了东晋才子袁虎倚马可待的故事。当年袁虎随桓温北征，负责军中起草文书的工作。桓温在前线需要立即起草一份檄文，只见袁虎倚靠着战马，一会儿工夫就写满了7页纸。桓温一看，文采斐然。后来人们用成语"倚马可待"形容才思敏捷，文章写得既快又好。

　　李商隐对韩瞻说，蜡烛成灰，送别晚宴即将结束。大家依依不舍之际，10岁的冬郎跟东晋的袁虎一样，当场赋诗。不久，畏之兄您也将带着冬郎去外地上任了。在桐花盛开的万里丹山路上，花丛中传来雏凤清亮动听的叫声。您儿子的才情如同雏凤，未来一定比您这只老凤凰更加精彩。

丹山万里，凤栖梧桐，雏凤老凤，凤鸣声声，这是一幅何等朝气蓬勃的动人画面。这是有声有色的青出于蓝胜于蓝，这是跃跃欲试的少年意气，这是每一个父母最想看到的欣慰画面。

当曾经的少年变成中年，当他在宴席上惊喜地发现此间少年，李商隐兴奋异常：长江后浪推前浪，未来可期，少年可期。

曾经年少

唐朝的"少年"多意气，每一个人都在展望。宋朝的"少年"多愁绪，每一个人都在追忆。

宋词里有一个著名的词牌叫《少年游》，偏偏在这样一个字面意思充满无限想象的词牌里，我们难见少年人应有的生气。

少　年　游
北宋　柳永

长安古道马迟迟，高柳乱蝉嘶。夕阳岛外，秋风原上，目断四天垂。

归云一去无踪迹，何处是前期？狎兴生疏，酒徒萧索，不似去年时。

深秋时节，中年油腻男柳三变骑着马在长安古道上悲秋追忆，一副失意的样子。曾几何时少年柳永也曾纵马长安，如今却是古道马迟迟，心灰意冷。高柳萧疏，一群秋蝉在上面聒噪，更添愁绪。夕阳西下，原上风起，孤独的柳永四下张望，茫茫一片。

有人说，打发寂寞最好的方式就是回忆，但是得有一个前提，那就是今昔对比时反差不能过大，否则这回忆就是虐心了。偏偏柳永就是这样的倒霉蛋。灯红酒绿的模式一去不复返，纸醉金迷的约定不知去向，那群夜夜笙歌的酒肉相识渐渐老去。一句"不似少年时"，已是多年以后的不堪回首。

读这首词时，我感觉柳永是在写自传。他的人生就是这样一个得意开场、失意收场的故事。绚烂时他美到糜烂，得意时他帅到轻佻，美酒美女美好年华编织了他的美梦，但这一切都是以青春年少为基础。年华易逝，美人易老，美梦易碎，潦倒的柳永只能用这首《少年游》聊以慰藉心中那个曾经风流潇洒的自己。

丑奴儿·书博山道中壁

南宋　辛弃疾

少年不识愁滋味，爱上层楼。爱上层楼，为赋新词强说愁。

而今识尽愁滋味，欲说还休。欲说还休，却道天凉好个秋。

　　豪放派的笔下不只有大马金刀，也有新忧旧愁。但这愁含而不露，意味深长。相比之下，婉约派的柳永实在太娘了。

　　罢职退居信州（今江西上饶）时，辛弃疾游遍周边的山山水水，也留下了许多脍炙人口的佳作。博山石壁上的这首词别具一格。

　　少年时不经世事，不懂忧愁，喜欢登楼望远。每每看到文人登临留下的诗句，也效仿他们的样子，无愁找愁，生硬地挤出几点愁思。归根到底，还是不知愁。

　　当少年变成中年、走向老年之时，历经世事，尝尽个人忧愁、家国忧愁。登高之际，反倒无话可说，无怨可吐，代之一句轻描淡写的"天凉好个秋"。晚辈吴文英说："何处合成愁，离人心上秋。"（《唐多令》）老前辈辛弃疾的"天凉好个秋"其实是好大一个愁，偏偏他只能顾左右而言他。

　　少年的"我"自信、无忧，认定这世界可以改变。因为不识愁滋味，所以才会成天把忧愁挂在嘴边，标榜成熟。如今的"我"尝尽忧愁，发现世界并不容易改变，自己唯一能做的就是改变自己，适应世界。因为识尽愁滋味，所以才会愁到极点，吞下所有的忧愁，吐出一句莫名其妙的"今天天气真好"。

　　成长的路上，从不识愁到识愁，从强说愁到欲说还休，"我"是成熟了，还是圆滑了？每一个从少年时段走来的中年人都有着刻骨铭心的感悟，可是他们的答案也和辛弃疾一样：不说。所有的三缄其口都有一种奢望，奢望回到从前，回到那个不识愁滋味的少年时代。

网上都在说："愿你出走半生，归来仍是少年。"试问一路风尘过后，归来的人哪里还是少年？

京剧里唱得好："少年子弟江湖老，红粉佳人两鬓斑。"每个人都是和时间赛跑的孩子。跑过的是岁月，赛过的是自己。记住陶渊明的诗句："盛年不重来，一日难再晨。及时当勉励，岁月不待人。"（《杂诗十二首》）

每一个出走的少年，把背影压缩打包，另存为记忆；每一个归来的曾经少年，把记忆的压缩包一一解锁，然后再铺满一面叫作人生的背景墙，让年华历历在目。

美人：你的美还在不在

所有的美图 PS（Photoshop 软件）技术都不过是人们应对匆匆岁月的无奈之举。

没有相机和智能手机的时代，画笔和文字便是最好的美人定格模式。相比图画，文字的优势在于，由字面表达引申出的美人形象在读者脑海中实现的是二次、三次……N 次再创作、再修图，于是每个人心中都有一个属于自己的不老美人。

美人标杆

《诗经》便是这样一部美人集。

第一篇《关雎》的主角就是一个美人。关于美人的画像只用了四个字：窈窕淑女。

何谓窈窕？美貌曰窕，美心曰窈；美状曰窕，善心曰窈。优美的是女子的样貌，深邃的是女子的心灵，好一个秀外慧中的姑娘！

什么是淑？东汉许慎的《说文》有云：淑，清湛也。清明深湛，清澈透亮。水一般的澄澈美人，君子当然好逑。

当然，《国风·卫风·硕人》关于美人庄姜的特写更给出了影响后世两千年的标杆性描述：手如柔荑（tí），肤如凝脂，领如蝤蛴（qiúqí），齿如瓠犀（hùxī），螓（qín）首蛾眉，巧笑倩兮，美目盼兮。

所谓硕人，指庄姜拥有一副模特身材，身高腿长。她的手像初生的白茅之芽；她的皮肤嫩滑如凝固的油脂；她的脖项好像天牛的幼虫雪白柔嫩；她的牙齿像整齐的瓠瓜籽，洁白如犀牛角；她的前额丰满开阔，双眉细长弯曲；她笑起来嘴角微微上翘，漂亮的眸子顾盼生辉。

难怪清朝《诗经通论》的作者姚际恒感叹："千古颂美人者，无出其右，是为绝唱。"

800多年后，仙才曹植在《洛神赋》里对他梦寐以求的洛神做了这样的素描：秾纤得衷，修短合度。肩若削成，腰如约素。延颈秀项，皓质呈露。芳泽无加，铅华弗御。云髻峨峨，修眉联娟。丹唇外朗，皓齿内鲜。明眸善睐，靥辅承权。

在曹植眼里，洛神体态适中，高矮最佳，肩窄如削，腰细如束，有秀美的颈项，白皙的皮肤。不施粉黛，素颜坦荡。往头上看，发髻高耸，修眉弯弯，红唇皓齿，两只明眸下更有一对酒窝可人。

不论是叙述方式，还是表达顺序，抑或是比喻描摹，都充满了曹植对《硕人》的膜拜。洛神是曹植心中的女神，更是美人里的至尊。

拍古装剧的导演总会被观众扔来的各式"砖头"砸成"肉饼"。在一堆口诛笔伐的指责声中，关于经典美女的选角问题是最大的吐槽点。因为"萝卜青菜，各有所爱"，导演的审美加编剧的审美，再加上整个剧组的审美，仍旧不能概括受众对于美女的全部意向。拍家喻户晓的美人戏，就是找抽。

他们远不及老祖宗高明。

当《诗经》罗列各式美人之际，一个叫宋玉的楚辞名家却另辟蹊径，给我们提供了另一番美人印象。

这纯属一次歪打正着。

宋玉在传说中与西晋的潘安齐名，是颜值与才华齐飞的美男子。据说他因为太帅，引来无数女粉丝，也招惹了不少绯闻。同殿称臣的大夫登徒子便向楚襄王打宋玉的小报告：小宋好色。

当楚襄王找宋玉查证时，宋玉应答："登徒子贼喊捉贼，好色的其实是他。"至于理由，请看《登徒子好色赋》。在这篇赋中，宋玉一方面表明自己三年不理隔壁的楚国第一美女；另一方面说登徒子虽家有丑妻，却诞育五子。相比之下，他是守身如玉的君子，登徒子倒成了好色狂人。

明眼人都能看出，宋玉这是强词夺理，"毁"人不倦。无奈这家伙的文采太棒，我们顾不上计较他的狡辩，反倒记住了两点：登徒子是色狼的代名词，他的邻居东家之子太美了。

东家之子究竟美成什么样儿？

宋玉说："天下之佳人莫若楚国，楚国之丽者莫若臣里，臣里之美者莫若臣东家之子。东家之子，增之一分则太长，减之一分则太短；著粉则太白，施朱则太赤；眉如翠羽，肌如白雪；腰如束素，齿如含贝；嫣然一笑，惑阳城，迷下蔡。"

盛产美人的是楚国，楚国的美女之都在我们那儿，我们那儿的顶级美女是东家之子。这段描述多少有点郭德纲式的贫嘴。但接下来的内容显出了宋玉的高明："增之一分则太长，减之一分则太短；著粉则太白，施朱则太赤。"多一点不行，少一分不好，东家之子的美是恰到好处。而这个度究竟是什么？每个人心中都有一个标准，你就拿着自己的审美标尺去增减吧。

至于后面的"眉如翠羽，肌如白雪；腰如束素，齿如含贝；嫣然一笑，惑阳城，迷下蔡"一句，我们也可视作宋玉在向《硕人》一诗致敬。

东汉的乐府诗《陌上桑》也有异曲同工的妙笔。

故事其实很简单。好色官僚使君路遇采桑女秦罗敷，见色起意，百般撩妹，罗敷女严词拒绝。关于秦罗敷的美貌，诗中写道："行者见罗敷，下担捋髭须。少年见罗敷，脱帽着帩头。耕者忘其犁，锄者忘其锄。来归相怨怒，但坐观罗敷。"

语文试卷每每拿这段话出题，让学生写出所谓的修辞手法。我们不得不承认，这里的侧面描写实在高明。从行者到少年，从耕者到锄者，每一个男性都因为秦罗敷的出现，放下手里的活计，耽误了正事。因此，读诗的我们都在想：这个秦罗敷得美成啥样！

你说什么样子？呵呵，只可意会，不可言传。

大唐美人

与古人相比，唐人对美人的书写少了些许含蓄，多了几分热烈。

清平调三首

唐　李白

其一

云想衣裳花想容，春风拂槛露华浓。
若非群玉山头见，会向瑶台月下逢。

其二

一枝红艳露凝香，云雨巫山枉断肠。
借问汉宫谁得似，可怜飞燕倚新妆。

其三

名花倾国两相欢，长得君王带笑看。

解释春风无限恨，沉香亭北倚阑干。

虽然仍是乐府诗，但是李白眼前有美，笔下有花，吟咏出的却是花非花。

兴庆宫中杨妃娇媚，沉香亭畔牡丹（木芍药）怒放，对酒当歌的唐玄宗感慨："赏名花，对妃子，焉用旧乐词为？"要现场重新填词？这个好办，宫中就有大唐最佳作词人。于是新任翰林待诏李白被醉醺醺地架到御前，当场奉旨作诗。

李白酒醉，文思却不醉。他洞察皇帝的心思：花团锦簇其实是贵妃的陪衬，而贵妃是开元盛世的代言，开元盛世则是吾皇万岁的签名。

那好，史上最著名的《清平调》在笔走龙蛇间诞生。

第一首于玉山、瑶台、明月间拥出一个素淡景象。这玉一般的美人美景就是贵妃，而抓人眼球的"露华浓"不正是皇帝的恩泽吗？

第二首中故事的讲述更进一步。从巫山神女到汉宫飞燕，究竟是美人故事滋润了国色天香，还是牡丹富贵装点了绝代风流？只看见新露当中，一簇红艳正浓。

第三首回到现实，名花与美人合二为一，志得意满的皇帝倚着阑干欣赏这人间绝色，夫复何求？

宫中的御诗向来无聊，除了寻章摘句、歌功颂德，全无生趣。偏偏李白当着皇帝的面接了这件出力不讨好的活计。李白就是李白，逢迎守底线，拍马有节操。三首诗句句浓艳，艳而不靡；字字流葩，绝不奇葩。自他之后，这《清平调》的曲牌似乎少有新作。

是啊，李白受不了御用诗人的憋屈，闪了；杨贵妃红颜薄命，死了；大唐盛世的余额不足，衰了。哪里还有这般歌舞升平的词句？即便有诗，也是落寞。

行　宫

唐　元稹

寥落古行宫，宫花寂寞红。

白头宫女在，闲坐说玄宗。

我一直认为，元九最好的诗不是《离思五首·其四》（其中两句"曾经沧海难为水，除却巫山不是云"流传甚广），而是这首《行宫》。他的好友白居易一首《长恨歌》洋洋洒洒 840 字，写尽开元盛世到安史之乱的爱恨情仇，一个"恨"字重有千钧。而元九却深谙中国画的留白之妙，只短短四句含无穷意味，一个"闲"字四两拨千斤，写尽江山美人故事。

因为是古行宫，所以周遭破败寥落；因为是白头宫女，所以她见证了盛极而衰；因为宫花再红，所以才让人追忆曾经的大唐风流，追忆宫女曾经的青春年华。

宫花可以再红，行宫却不复辉煌，宫女也不复红颜，所以这红注定是寂寞颜色。白头对红花，闲坐说玄宗。可以慰藉寂寞的，只有前朝故事和曾经年少。

我们爱听皓首苍髯的老翁说古论今，因为他的每一根胡子都是一个故事。而让一个白头宫女闲说先帝，却是一种残忍。这"闲"不是悠闲，而是无可奈何花落去的痛哭，更是似曾相识燕归来的妄想。

"美人自古如名将，不许人间见白头。"美人都希望自己的美定格在花样年华。这样说来，白头宫女甚至有一点替杨贵妃庆幸。贵妃在 36 岁那年停下了人生的脚步，于是她在我们的记忆里实现了美人依旧。

2011 年时，网红作家冯唐的一句"春风十里不如你"成为人见人爱、阅后即转的鸡汤文。晚唐诗人杜牧不得不发一条微博@冯唐："看明白原诗再克隆，好吗?"

赠别二首（其一）
唐 杜牧

娉娉袅袅十三余，豆蔻梢头二月初。

春风十里扬州路，卷上珠帘总不如。

那年 32 岁的杜牧爱上了扬州，恋上了淮扬美女。当朝廷要调他去长安升官时，他这个踌躇啊。

以花喻人是诗人惯用的手法，而在杜牧这里，年方十

鹡鸰颂　俯同魏光乘作

朕之兄弟唯有五人此

为方伯岁一朝见雏

载崇藩屏而有睽谈

关是以辍牧人而各

唐玄宗手书《鹡鸰颂》

三的青春美少女不单是二月梢头含苞待放的豆蔻花的本体，更是豆蔻年华一词最好的注解。扬州繁华，十里长街上歌楼林立、舞榭参差，珠帘翠幕后面佳丽无数，目不斜视的杜牧唱道："我的眼里只有你。"

古人真有水平，连临别赠言都写得匠心独运：早春二月美人如花，花街之上美女如云，你就在这里 C 位出道。

相比之下，那句"春风十里不如你"的鸡汤文应该是兑了不少鸡精吧。

观公孙大娘弟子舞剑器行（节选）
唐　杜甫

昔有佳人公孙氏，一舞剑器动四方。

观者如山色沮丧，天地为之久低昂。

㸌如羿射九日落，矫如群帝骖龙翔。

来如雷霆收震怒，罢如江海凝清光。

所谓盛唐气象，于男人是"若个书生万户侯"的奇男子，于女子同样是英姿飒爽的巾帼英豪。

开元年间，5 岁的杜甫有幸在郾城欣赏到宫廷舞蹈家公孙大娘的《剑器》舞。50 年后，当杜甫在夔州见到公孙大娘的弟子李十二娘表演《剑器》舞时，童年的记忆瞬间被激活，于是有了这首名作。

"一舞剑器动四方。"台上的公孙大娘是技艺精湛的舞者，更是威风八面的剑客。满座观者不为优哉游哉的享受，而是要追随这惊心动魄、地裂天崩的极致体验。剑光璀璨，犹如后羿射日；剑随人舞，宛若天神驾龙飞翔；剑起处雷霆万钧，剑落时气凝江海。

50年后，杜甫仍能准确还原孩提时代那一次惊天地、泣鬼神的观舞体验，公孙大娘不朽了。

值得一提的是，此大娘非今天所指的中老年妇女，而是佳人一枚。大娘，指公孙氏是家中排行第一的长女。

杜甫在这首诗的序里提道："昔者吴人张旭，善草书帖，数常于邺县见公孙大娘舞西河剑器，自此草书长进，豪荡感激，即公孙可知矣。"赫赫有名的"草圣"张旭也是公孙大娘的粉丝，竟然由剑道悟出了书道。据说"画圣"吴道子也曾观公孙大娘的《剑器》舞，体会绘画笔法的要诀。至于杜甫，人称"诗圣"。一个舞者以她的舞蹈影响了有唐一朝的草圣、画圣和诗圣，说空前绝后，似乎都不足以与她的傲世独立相匹配。美人如玉剑如虹，这女人可以封神了——女神。

美人何在

鲁迅先生曾在给杨霁云的信中说："我以为一切好诗，到唐已被做完。"我想说，关于诗里的美人，似乎到唐也已被写完。

四大美人中最晚出场的一位是杨贵妃，相关诗文最多的也是她。她的香消玉殒终结的不止是大唐盛世，还有大众关于美人的认知模式。唐诗里多是"斜插芙蓉醉瑶台"的大家闺秀，之后呢？宋词里常见"暗香浮动月黄昏"的小家碧玉。

点 绛 唇
南宋 李清照

蹴罢秋千，起来慵整纤纤手。露浓花瘦，薄汗轻衣透。

见客入来，袜刬金钗溜。和羞走，倚门回首，却把青梅嗅。

女人写美人，自然更添风情，更何况是李清照的自说自话。

上阕词剪取了少女荡罢秋千的场景。刚才紧攥绳索的纤纤玉手有些酥麻，又微微出了一身薄汗，运动之后的少女如清晨花园里带着露珠的花儿。李清照的词里爱用"瘦"来喻花。在她看来，美人如花，纤弱清瘦。这一幕定格却给了我们无限遐想：刚才少女荡秋千时，一定是燕燕于飞，轻衣飞扬。

突然有客造访，正是自己心仪的风流少年。少女来不及套上鞋子，只穿着袜子急急回房。慌乱间发髻散开，金钗落地。偏偏到了门边，她又回身倚门偷望，借着细嗅青梅来掩饰一颗怕见少年郎、好奇心上人的羞涩少女心。

《如梦令》（常记溪亭日暮）里，有少女的青春派对；《如梦令》（昨夜雨疏风骤）里，有美女的宿醉初醒；《一剪梅》（红藕香残玉簟秋）里，更有少妇的空房独守。李清照的女人词，一阕就是一个 Pose（姿势），一阕便是一种心绪，一阕即是一段意兴阑珊。

与李清照（号易安居士）并称"济南二安"的辛幼安（辛弃疾字幼安）有过一次独特的美人邂逅。

青玉案·元夕
南宋 辛弃疾

东风夜放花千树，更吹落，星如雨。宝马雕车香满路。凤箫声动，玉壶光转，一夜鱼龙舞。

蛾儿雪柳黄金缕，笑语盈盈暗香去。众里寻他千百度，蓦然回首，那人却在，灯火阑珊处。

上元夜的灯会火树银花，游人如织。不过所有这些都是配角，真正的女主角芳踪难觅。直到灯会落幕，游人渐去，于一角残灯之侧，美人岘身。于是，这一夜的流光溢彩方才圆满，这一路的辛苦追寻方才值得。虽然前有欧阳修的"月上柳梢头，人约黄昏后"，后有唐寅的"春到人间人似玉，灯烧月下月如银"，但是历代文人的元宵作品终不及辛弃疾人潮中那惊鸿一瞥。

800 年后，大学者王国维将"众里寻他千百度，蓦然回首，那人却在，灯火阑珊处"定为"古今之成大事业、大学问者，必经过三种之境界"的最高一级。他读懂了辛弃疾。

2018 年的夏天，歌手老狼和一帮玩音乐的老友在聚会时喝得尽兴，大家吹拉弹唱合力完成了他的那首经典作品《美人》。现场这段小视频引爆网络。距离这首歌首发已有 24 年过去，51 岁的大叔老狼依旧长发飘飘，浅斟低唱："美人呀世界变得太快，你的美还在不在，最好把握住现在，问你明白不明白……"

金曲不老，歌者依旧，美人的美还在不在？美人究竟在哪里？在诗里，在歌里，还是在你我的心里？鲍勃·迪伦唱得好："Blowing in the wind."答案在风中飘扬。

科举：考场众生相

所有经历过大考的人都知道，考场内外的故事很多，可是对于考生而言，那些更像事故。

电影《天下无贼》里，葛优扮演的贼头儿黎叔说："21世纪什么最贵？人才！"其实自文明诞生之日起，人才就一直供不应求。从察举到门第，我们的祖先发现，遴选人才实在是一件难度系数颇高的活儿。直到 590 年隋炀帝杨广创设进士科，中国人终于找到了一种相对公平合理的人才选拔机制，并且整整沿用了 1300 多年。

"太宗皇帝真长策，赚得英雄尽白头。"晚唐诗人赵嘏（gǔ）的两句残诗将唐太宗扩大完善科举制的真实用意一语道破。偏偏全天下的文武英雄为了这紫袍金带，心甘情愿、无怨无悔地都如皇帝所愿"入吾彀（gòu）中"了。

学霸的种类

考场上的焦点一定是学霸。

唐玄宗开元十二年（724年）的进士科考题是，要求举子们完成一首六韵十二句的五言排律诗。不一会儿，一个叫祖咏的洛阳举子交卷了。考官一看，只有四句诗：

终南阴岭秀，积雪浮云端。

林表明霁色，城中增暮寒。

考官提醒他："你得再补充八句。"

这个26岁的小伙子淡淡吐出两个字："意尽。"

这首名为《望终南余雪》的五言绝句，于终南山的背阴处落笔，于暮色夕阳中点染霁雪，让人读罢倍感雪后严寒。20个字看似信手拈来，实则严丝合缝。关于雪天，人们总以为只有飞雪连天的模式，而祖咏却着眼于后山积雪，确是高手当中的高手。

所以，彪悍的好诗不需要狗尾续貂。祖咏硬是凭借这首形式上不太合规的诗作中了进士。当然，考场可以容许有才华的任性，但官场却容不下这样的特立独行。于是终其一生，祖咏都只是官场的一个匆匆过客。

比祖咏更"嚣张"的，是温庭筠。

作为考场的常客，温庭筠不是学问不够，反倒是被太有才、太自信所累。他在京城与官二代、富二代打成一片，"士行尘杂，不修边幅"，过分纸醉金迷，招摇过市，坏了名声。朝廷觉得这样的人再有文才也不能做官，于是温庭筠屡试不中。

明明知道自己不会被录取，偏偏每次都要来赶考，一考就考了20多年。这温庭筠考试有瘾？不，他是来做考场"好帮手"的。

当时进士科考试要求举子在规定时间内完成一篇八韵的诗赋。别人搜肠刮肚为韵脚抓耳挠腮之时，温老兄不慌不忙，或双手交叉，即成一韵，八次叉手便可完稿，故此得名"温八叉"；或双手插入袖筒，伏在几案之上，口中念念有词，少顷就可交卷，于是人称"温八吟"。这样的才思，即便曹植复生，也要自叹弗如了。

既然"考"有余力，那么与他相邻的举子们有福了。温大才子写完卷子，总不忘替他们传个小抄、报个答案，或者干脆捉刀代笔再写一篇诗赋。一场考试下来，温庭筠自己屡屡高分不中，却救下N多考生，助力他人金榜题名。"救数人"的美名不胫而走。

考生们感激他，考官们也关注到这个超级"枪手"了。这一年的春闱主考是礼部侍郎沈询。对"温枪手"早有耳闻的沈大人特别"关照"，将他的座位安排到自己边上。在主考眼皮底下的考场油子温庭筠一脸不悦，自顾自地埋头答题，时间还没过半，便交卷了。本以为这次"温枪手"救不了人了，不料事后温庭筠本人透露：受条件限制，这次他只帮助了 8 个考生答题。难道他会武侠小说里的神功"千里传音"？大家都想揭开他的谜底。

《旧唐书·宣宗纪》中一段文字道出了个中原委。那次考试是唐宣宗大中九年（855 年）的博学宏词科。发榜后有人举报，此次中举的柳翰系京兆尹柳熹之子，他提前从主考处获得考题，让"枪手"提前写好了文章。而这个"枪手"正是温庭筠。

温庭筠因为太油腻，屡试不第。苏轼却因为主考官想避嫌，错失第一名。

宋仁宗嘉祐二年（1057 年），20 岁的苏轼和 18 岁的弟弟苏辙信心满满地参加了礼部组织的省试。阅卷老师、著名诗人梅尧臣对苏轼的卷子极为欣赏，推荐给主考官欧阳修说：此文有"孟轲之风"。欧阳修展卷读罢，不禁拍案叫绝。环顾应试的 388 份考卷，他认为能够完成此等说理透彻、文辞晓畅作品的，非自己的学生曾巩莫属。为了避嫌，他忍痛将这篇雄文判了个第二名。

发榜之日，欧阳修才发现贤才另有其人，此人叫苏轼。他感慨道："读轼书不觉汗出，快哉！老夫当避此人，放出一头地。"而仁宗皇帝读完苏轼、苏辙兄弟的考卷，回到后宫激动地对皇后说："吾今又为子孙得太平宰相两人。"

苏轼终究是要用实力拿到属于自己的名次。5 年后，苏轼苏辙兄弟再次参加制举考试——宋朝最高级别的人才选拔。两宋 320 年间制举考试只举行了 22 次，仅 40 人考中。这次苏轼考了第三等。要知道，制举考试一共分六级：

苏轼画作《潇湘竹石图》

第一等、第二等、第三等、第三次等、第四等、第四次等。第一、二等为虚设。所以，苏轼拔了两宋制举考试的头筹，而弟弟苏辙也考了第四等。苏家兄弟用实际行动为我们诠释了学霸的意蕴。

落榜的理由

有才可以去考试，但是千万别嘚瑟，否则就跟柳永一样了。

宋真宗年间，18 岁的崇安举子柳永取道杭州进京赶考，结果留恋都市繁华，错过了考试。他在杭州玩了 2 年，接着又游苏州逛扬州，直到 24 岁那年进汴京正式赶考。

在词作《长寿乐》（尤红殢（tì）翠）中，柳永胜券在握地写道："对天颜咫尺，定然魁甲登高第。待恁时、等著回来贺喜。"结果，写惯了淫词艳曲的他被皇帝在卷子上批了四个字"属辞浮糜"——出局。

柳永不服，吐槽了一首《鹤冲天》：

黄金榜上，偶失龙头望。明代暂遗贤，如何向。未遂风云便，争不恣游狂荡。何须论得丧？才子词人，自是白衣卿相。

烟花巷陌，依约丹青屏障。幸有意中人，堪寻访。且恁偎红倚翠，风流事，平生畅。青春都一饷。忍把浮名，换了浅斟低唱。

柳永把自己的落榜，归咎为皇帝龙眼无珠。偌大一个朝廷，竟然看不见我这个大才子。此处不留爷，自有留爷处。那好吧，我还是去烟花巷陌。那里有我无数粉丝，哥们儿靠着写长短句照样可以拿年度最受欢迎作词人大奖。

柳七郎真的不要这科举的浮名了吗？

错。"白衣卿相"四字在暗示，他心有不甘，乐于偎红倚翠的他最大的梦想其实还在庙堂。

6年后，柳永再次应考，再次落榜。又过3年，第三次失败。再6年，第四次名落孙山，柳永彻底死心，愤然离京，写下那首著名的《雨霖铃》（寒蝉凄切）。

21年四入考场，才子熬成了学渣；混迹欢场，浪子升格为婉约派词宗。柳永只能苦笑一声："不是我不小心，只是真情难以抗拒；不是我存心故意，只因无法防备自己。"

要怪只能怪自己。别人赶考，心无旁骛，柳永却有两个天地：眼前的黄金榜，身边的烟花巷陌。功名富贵可以慢慢考，儿女情长则更有吸引力。所以，心不在焉的柳永只能去做勾栏瓦舍里的白衣卿相。

50岁那年，仁宗皇帝亲政，特别开了一期针对历年落榜举子的恩科。柳永闻讯，再不敢耽搁，从湖北鄂州赶赴京师应考。

据说仁宗皇帝看到柳永的卷子时，说了句："且去浅酌低唱，何要浮名。"显然，小皇帝读过20多年前柳永怼他父皇真宗的那首《鹤冲天》。很多人因此认定仁宗腻歪柳永。其实不然，当时25岁的仁宗皇帝也是柳永的"粉丝"，但不是"脑残粉"。皇帝喜欢他的词作，并不意味着要把词人捧上天。仁宗很清楚柳永的价值不在朝廷，而在"娱乐圈"。何况此时柳永已经50岁，还指望进入后备干部培养序列吗？

据说也曾有人向仁宗推荐柳永，皇帝还是回了4个字："且去填词。"

说是这样说，皇帝仍旧让柳永遂了科举的梦想，中了进士，并授了一个睦州（今浙江淳安）团练推官的七八品小官。即便如此，柳永仍旧喜悦不已。

此后15年间，柳永由睦州迁余杭，转定海，调泗州，最终在屯田员外郎的任上退休。这个屯田员外郎是多大官呢？工部下属的从六品、正七品上下的负责农业的虚职。虽然人们称他作"柳屯田"，但是他的历史名片一定是婉约词"大咖"。

与柳永有得一拼的，是唐末五代的罗隐。这哥们儿从27岁进京应试，自己都记不清究竟考了多少场，只好在诗里说："十二三年就试期，五湖烟月奈相违。"意思是，一晃十来年过去了，我成天就是应付科举考试，错过了多少良辰美景。史书上也只好这样记录他的考场战绩"十上不第"。

那天他经过钟陵（今江西进贤县），走进一家娱乐场所想疏解一下郁闷的心情。一个婀娜的身影让他瞬间尴尬了——十多年前自己从钟陵进京赶考，一夜缱绻的不正是这个云英姑娘吗？云英也一眼认出了那个当年牛气冲天的罗大才子。她一指罗隐的白袍："罗秀才犹未脱白矣！"潜台词就是，都十多年过去了，老罗你咋还是白衣秀才打扮，还没中举混个一官半职？

罗隐不愧诗才过人，灵机一动，结束了"尬聊"：

> 钟陵醉别十余春，重见云英掌上身。
> 我未成名君未嫁，可能俱是不如人。

上次一别十多年了，你依旧身材窈窕容颜不老。你问我为什么还没考上，而你不也还在花街柳巷谋生吗？看来这些年咱俩混得是彼此彼此。

真是同为天涯沦落人，云英还忍心往下追问吗？

能够写出"采得百花成蜜后，为谁辛苦为谁甜"的罗隐却考不中进士，只能从自己身上找原因：一来"貌古而陋"，长得太寒碜，没颜值。其次，"乡音乖刺"，不会说官话，一张口就是江浙土话，当年在长安肯定没得混。第三，锋芒毕露。这个其实最关键，性格耿介，不会变通，还屡屡写诗文讽刺朝廷。综上三条，罗隐注定一辈子穿白袍了。

要论大唐科举最憋屈的，当属李贺。

他连考试报名的资格都没有，原因很可笑：因为他爹的名字。他爹叫李晋肃。因为"晋"与"进"同音，而"肃"又和"士"有那么点儿谐音，于是他爹的名字可以念成"李进士"，那么根据要命的避讳原则，李贺就要跟科举绝缘了。

当时赏识他的前辈韩愈专门撰文《讳辩》，引经据典批驳避讳这种陋习。文章写得有理有据，可是没能撼动旧观念，李贺始终没能拿到"国考"的通行证。

名震诗坛的"三李"中还有一位的境遇跟李贺类似——诗仙李白因为他爸李客经商，无缘科举。《唐六典》中明确规定："刑家之子，奴籍之身，工商殊类不预。"罪犯之子、奴籍身份、商人亲属都是严禁参加科考的。因此，闱场之内少了几多惊天动地的好文章。

有人说李白、李贺是被爹坑了，其实坑他们的是混账的报考须知。

发榜之后

不说爹了。若提教子有方的慈母，人们总会想到孟母。历史上著名的孟母其实有两位，一位是"亚圣"孟子的母亲，还有一位是唐朝孟郊的母亲。下面我提的是孟郊之母。

关于这位孟母，大家的印象源自那首《游子吟》。但是我们都没有注意孟郊在诗前的一段自注："迎母溧上作。"翻看孟郊的履历，这是他50岁那年前往溧阳任县尉后，迎接母亲时的诗作。显然，这不是一篇少年意气的跪乳之作。

人称"诗囚"的孟郊可能有考试恐惧征。

792年，42岁的孟郊前往京城参加进士科考试，落榜。唯一的收获是认识了志趣相投的小老弟韩愈。小他18岁的韩愈第四次冲击科举，终于梦想成真。

　　韩老弟屡败屡战的经历激励了孟郊，他也复读再考。
很不幸，第二年再次落榜。3 年后，45 岁的孟郊带着母亲
的期盼第三次进京赶考，终于进士及第。欣喜之余，他提
笔在手，写下《登科后》：

　　　　昔日龌龊不足夸，今朝放荡思无涯。
　　　　春风得意马蹄疾，一日看尽长安花。

　　人说孟郊的诗一贯"思苦奇涩"，而这一次却是他难得
一见的畅快淋漓。压抑了 5 年的屡试不第，困扰了他数十
年的母恩难报，随着发榜的那一刻，全都烟消云散。眉头
舒展了，眼睛有神了，他也可以放浪形骸地大叫一声："爷
们儿考上了！"

　　春风得意日，打马御街前。中年大叔今天聊发少年狂，
在他眼前是一条通往凤阁龙楼的金光大道，花花草草早已
熟视无睹了。

　　有人笑了，自然就有人哭了，比如常建。

　　虽然后来写出"曲径通幽处，禅房花木深"这样的名
句，令北宋的欧阳修感叹："欲效作数语，竟不能得，以为
恨。"但是常建的科举之路也不算平坦。在发榜之后，寻了
几遍没看到自己的名字，失落的常建写下这首《落第长
安》：

　　　　家园好在尚留秦，耻作明时失路人。

恐逢故里莺花笑，且向长安度一春。

古人的朋友圈原来跟现在一样。考试没考好的常建为什么不敢回老家呢？因为担心遭遇花鸟鱼虫的嘲笑，其实是害怕乡里乡亲不咸不淡地询问："你考得咋样啊？"以及后面没完没了的"什么原因没考好啊？""下一步的打算呢？"云云。为了躲清静，更是为了今后抬头做人，不负多年辛苦，暂且在长安再住一年，报个复读班吧。

顺便说一句，常建的努力还是有回报的，唐玄宗开元十五年（727 年），他高中了进士，同榜还有一位幸运儿，叫王昌龄。

同样是落榜，盛唐的常建是温和的，晚唐的黄巢则是要命的。

待到秋来九月八，我花开后百花杀。
冲天香阵透长安，满城尽带黄金甲。

虽然最后一句诗因为一部莫名其妙的电影而家喻户晓，但是很多人并不清楚这首诗的标题：《不第后赋菊》。这也是黄巢落榜后的作品，只不过火药味太浓。

他借菊花的口吻说，等到今年九月初八重阳节前一天，我就要开花了。当然，我绽放的代价是百花的谢幕。菊花满城之际，金甲遍地，此时的长安还姓李吗？

谁都看得出来，黄巢是个怀揣准考证的"机会主义分子"，考上了，那就老老实实"吃皇粮"；如果考不上，对不起，那就"皇帝轮流做，明年到我家"。当然，这个造反者一手操刀，一手执笔。比起"均田免粮"之类直白的口号，黄巢这四句诗实在是文采斐然。没办法，这就是大唐，这就是唐诗生长的土壤，这就是中古时代最后的风骨。

乐师：好声音与好知音

  唐朝知名乐师李龟年常常被人误认为，哥哥是大名鼎鼎的乐师李延年。实际两人一个唐朝，一个西汉，前后差了 800 多年。

  李延年的妹妹是汉武帝的宠妃李夫人，李延年的红极一时似乎有裙带关系之嫌。好在他用自己的作品说话了：

> 北方有佳人，绝世而独立。
> 一顾倾人城，再顾倾人国。
> 宁不知倾城与倾国？佳人难再得。

  "倾国倾城"的成语便出自这首《李延年歌》。据说，李延年就是在一次宫廷宴会上自弹自唱了这首原创歌曲。

短短 6 句诗，以简胜繁，以虚胜实，惊人的夸张和反衬惹得汉武帝四处寻找这个"北方佳人"。于是他的妹妹被推荐给皇帝，顺利上位。

一首歌把妹妹推到权力巅峰，把自己推成皇家首席好乐师，这个李延年堪称策划高手。

善于投机的人一般结局都不太好，李延年也不例外。李夫人去世后，李家人逐渐失宠，最终触及皇帝的底线，李延年一家老小被灭族。

与李白合作

关注点还得是李龟年。

李龟年、李彭年、李鹤年弟兄三人都是宫廷乐师，老二李彭年善舞，老大李龟年和老幺李鹤年善歌。此外，李龟年还擅吹筚篥，擅奏羯鼓，玩的是西域乐器，更长于作曲。很幸运，他们伺候的皇帝李隆基是个音乐家。于是三人备受恩荣，皇帝命人在长安城的富人区通远里，为他们建造了豪宅别墅，规格超过了许多达官显贵。

当年兴庆宫沉香亭前新栽的四色牡丹（木芍药）一齐开放，玄宗皇帝与杨贵妃前往观赏。龙心大悦的李隆基命乐师奏乐献歌。作为皇家首席乐师兼歌手，李龟年自然当仁不让，手持檀板，高歌一曲。不料，皇帝今天要求很高："赏名花，对妃子，焉用旧乐词为?"于是命内侍宣最佳作词人李白来现场填词。

在翰林院宿醉未醒的李白被人搀到御前。在享受了高力士脱靴、贵妃研墨的礼遇之后，他借着酒劲，稍加思索，一挥而就，完成了三首《清平调》。

李白就是李白，会写诗，更懂君王心意。三首乐府诗以花喻人，将杨贵妃蒙受皇帝恩泽一事写得字字浓艳，句句藏葩。第一首把贵妃比作天宫仙子，引人进入蟾宫阆苑。第二首则借用巫山神女和汉宫飞燕的典故，再写贵妃的国色天香。第三首则由仙境和传说穿越时空，回到沉香亭前，君王美人倚阑干。皇帝出的命题作文，李白一题三解，赢了个满堂彩。

诗集里记下了那一刻李白的才华横溢，却没注意到，乐队现场演奏此曲时，李龟年是这首新歌的首唱。当时，玄宗皇帝亲自吹笛为他伴奏。这次君臣配合的表演让李龟年颇为得意，后来常常在王公贵族的聚会上显摆这次经历。

与杜甫诀别

李龟年之所以在三兄弟中曝光率最高，全赖他的朋友圈。

比如，大多数人知道李龟年，都是源自杜甫的那首《江南逢李龟年》：

> 岐王宅里寻常见，崔九堂前几度闻。
> 正是江南好风景，落花时节又逢君。

这首脍炙人口的名作，其实是杜、李二人的诀别诗。

时间：公元770年，安史之乱平定7年之后的暮春时节。

地点：潭州（今湖南长沙）街头。

当出门求助的杜甫偶遇衣衫褴褛的李龟年时，时空瞬间凝固，一时语塞的二人仿佛回到了20多年前的长安城。

在玄宗皇帝的弟弟岐王李范的府里，在玄宗宠臣崔涤（崔九）家的厅堂上，李龟年总是富豪宴会现场的明星。李龟年在台上且歌且舞，杜甫在下面拍手叫好。那是"忆昔开元全盛日"的荣耀时刻。

繁华如梦。755年，"渔阳鼙鼓动地来"，安史之乱将大唐的歌舞升平击得粉碎。盛唐风流不再。

短短15年时间，皇帝换了三个，由玄宗到肃宗，再到代宗。刀兵四起，山河破碎。岐王、崔九他们早已故去，故人杜甫、李龟年在潭州街头以这样落魄的方式重逢，惊异＋感伤＋无奈，生出了这首诗。

从"寻常见""几度闻"到"又逢君"，短短28个字在不动声色中，把十来年间的变乱表现得痛彻心扉。寻遍整首诗，我们没有看到一个"伤"字，却从强烈的对比中，感受到了这一变故。

落花时节更伤春，杜甫伤的是自己，伤的是李龟年，更伤的是大唐帝国。

有人评价说："子美七绝，此为压卷。"

在老杜珠玉成堆的诗作当中，这首诗固然有其别致之处，但是让我动容的，是杜、李二人的诀别。

不知道二人见面之后是抱头痛哭，还是默默无语两眼泪。只晓得几个月后，59岁的杜甫在湘江的一艘小船上溘然长逝。

绝唱王维

李龟年比杜甫幸运。后来他在潭州被湘中采访使认出，请到了府中继续做乐师。

在采访使大人的宴会上，李龟年被隆重推出。人们希望这位昔日的宫廷乐师能再次演奏那首成名作《渭川曲》——他们兄弟三人合力创作的歌曲，曾经得到玄宗皇帝的极力推崇。但是，经历了众多变故的李龟年已经没有了那分风雅。操起古琴，缓缓唱出了老友王维写给他的那首《江上赠李龟年》：

> 红豆生南国，春来发几枝。
> 愿君多采撷，此物最相思。

后世给这首诗取了一个更著名的名字《相思》，以至于很多人把它归为情人之间的相思之作，着实辜负了王维和李龟年的一片苦心。

红豆，又称相思子。相传汉朝时，南方的闽越国有一男子被强征戍边，他的妻子日夜盼望丈夫回家。可是数年之后，一同从军的伙伴都回家了，唯独丈夫没有音讯。妻

王维画作《辋川图卷》

子于是终日站在村头遥望远方，苦盼夫归。寒来暑往，日思夜盼，眼泪流成了鲜血，希望熬成了绝望，妻子终于倒下了。而她旁边的那棵树上忽然结出了一种荚果，红黑相间，小巧可爱。人们说这是妻子的血泪，故谓之"红豆"。

在这里，王维是借红豆的吟咏表达对老友李龟年的思念。红豆不只是男女之间的情思，更有朋友之间的赤诚。在叮嘱友人采撷红豆的背后，暗喻相思之切，友情之重。

王维的心思，李龟年最懂。特别是在经历了家国之变后再唱此诗，更有一番滋味涌上心头。

接着，他又唱起了王维的另一首作品《伊川歌》：

> 清风明月苦相思，荡子从戎十载余。
> 征人去日殷勤嘱，归雁来时数附书。

原本一首东都洛阳的伊川闺中女子的怨苦之作，展现妻子对远征在外丈夫的思念之情。因为语句通俗，诗意简单，曾在梨园颇受欢迎。而此时李龟年再次唱起这首歌，他的意蕴早已超出了儿女私情。

李龟年思念的是那个移驾蜀中，已经有名无实的太上皇李隆基。

他怀念那位英武绝伦的圣主皇帝，怀念那个舍我其谁的大唐气象，更怀念那段如歌如诗的流金岁月。他多么渴望太上皇能重回长安，重新君临天下，接受万国来朝。可是，当今天子已是肃宗皇帝。那个曾经的玄宗皇帝已经龙驭上宾，他丢掉了江山，连心爱的女人都保护不了，还有什么脸面重掌大权？

一曲歌罢，李龟年昏倒在地。

在场众人赶紧围过来，发现昏迷不醒的他已是浑身冰凉。

当人事不省的李龟年被抬回家，妻子怎么也不能接受这个残酷的现实。她并不理会旁人要她赶紧入殓的建议，静静地守在李龟年的床边。她用手轻轻摩挲丈夫苍白冰冷的脸颊，当指尖划过耳朵时，她感受到了一丝热度：夫君没有死！就这样，妻子不吃不喝守在李龟年身边，不停抚摸，不停呼唤。四天过去，丈夫竟然有了呼吸！

虚弱的李龟年断断续续对妻子说："我做了一个梦。梦见太上皇故去的两位妃了令我教侍女兰苕唱《祓（fú）禊（xì）曲》，教完这首歌，他们就让我回来了。"妻子泪如雨下："你知道吗？你教她们教了整整四天！"

所谓祓禊，古代民俗的一种，每年春季上巳日，人们在水边举行祭礼，洗濯去垢，消除不祥。

> 昨见春条绿，那知秋叶黄。
>
> 蝉声犹未断，寒雁已成行。
>
> 金谷园中柳，春来已舞腰。
>
> 那堪好风景，独上洛阳桥。
>
> 何处堪愁思，花间长乐宫。
>
> 君王不重客，泣泪向春风。

　　李龟年口中念念有词，再次唱起《被褋曲》。妻子隐隐有种不祥的预感：这是祭祀亡灵的挽歌。莫非丈夫真的来日无多？

　　在《被褋曲》的反复吟咏声中，李龟年走到了他的人生终点。

　　或许此时的李龟年已是明日黄花，所以史书上并未详细记录他的去世时间。他和那个值得艳羡的开元盛世最终成了我们无法还原的绝唱。关于李龟年的生平，"大历十才子"之一的李端给出了总结：

赠李龟年

> 青春事汉主，白首入秦城。
>
> 遍识才人字，多知旧曲名。
>
> 风流随故事，语笑合新声。
>
> 独有垂杨树，偏伤日暮情。

　　他是繁华盛世的歌颂者，也是玄宗皇帝的殉葬者。

高手董大

　　如果说李龟年是庙堂里的优雅歌者，那么董庭兰则是江湖中的寂寞琴师。

　　董庭兰为世人所熟知的，是另一个名字：董大（在家排行老大，故朋友们唤他作董大）。

　　高适的那首《别董大》历来是给失意青年最好的心灵鸡汤兼鸡血。

　　千里黄云白日曛，北风吹雁雪纷纷。
　　莫愁前路无知己，天下谁人不识君？

　　这个董大缘何担心前路无知己，而需要高适来开导呢？
　　董庭兰自幼学习音乐，善奏传统乐器七弦琴和西域乐器筚篥。他的演奏水平之高，在民间受欢迎程度之广，唐玄宗开元、天宝年间无人可及。
　　关于董庭兰的演奏技能，诗人李颀在《听董大弹胡笳声兼语弄寄房给事》中有详细描述：

　　蔡女昔造胡笳声，一弹一十有八拍。
　　胡人落泪沾边草，汉使断肠对归客。
　　古戍苍苍烽火寒，大荒沉沉飞雪白。
　　先拂商弦后角羽，四郊秋叶惊摵摵。
　　董夫子，通神明，深山窃听来妖精。
　　言迟更速皆应手，将往复旋如有情。
　　空山百鸟散还合，万里浮云阴且晴。
　　嘶酸雏雁失群夜，断绝胡儿恋母声。
　　川为静其波，鸟亦罢其鸣。
　　乌孙部落家乡远，逻娑沙尘哀怨生。
　　幽音变调忽飘洒，长风吹林雨堕瓦。
　　迸泉飒飒飞木末，野鹿呦呦走堂下。

长安城连东掖垣，凤凰池对青琐门。

高才脱略名与利，日夕望君抱琴至。

李颀是董庭兰的粉丝。他想把董庭兰推荐给给事中房琯房大人，于是写诗描述董庭兰演奏古曲《胡笳十八拍》的情景。

在李颀看来，当年东汉才女蔡文姬让胡人动容的《胡笳十八拍》，经董庭兰的演绎有了惊天地泣鬼神的风采：董夫子琴技之高，引得深山里的鬼神都出来偷听。琴弦在他慢揉快拨中变得有情有义。琴声如山中百鸟散了又集，曲调似万里浮云阴了又晴。仿佛失群的雏雁暗夜嘶鸣，又如恋母的胡儿唤母声声。江河为这乐曲波澜不兴，百鸟闻声也停止了聒噪。琴声里能听到当年远嫁乌孙的细君公主在思念长安故土，文成公主也在吐蕃乡愁不绝。幽咽的琴声忽而转向潇洒，如长风吹林，若大雨落瓦，仿佛进出的泉水飒飒喷向树梢，又好像堂下的野鹿在呦呦鸣叫。

读这首诗时，我们自然联想到白居易的名篇《琵琶行》。白居易对于琵琶女弹奏技艺的描写，与李颀对董庭兰当场弹琴的再现，可谓有异曲同工之妙。

天下知音

因为李颀的极力推荐，同是乐迷的房琯接纳了董庭兰。攀上权贵的董庭兰自此大红大紫了吗？事与愿违。

据说董庭兰借着房琯的器重，收受贿赂，遭人举报。

房琯为此替董庭兰争辩，不料被政敌借机打击，结果被降职外放。

一个高官为了一个琴师与政敌开撕，这个故事听来实在太八卦。查阅正史，房琯此时正在负责修缮华清宫周边官署工程，受同僚牵连，被外放宜春郡做太守。房琯出京了，董庭兰自然也受到牵连。

再度流落江湖的董庭兰在睢阳（今河南商丘）见到了高适。时年44岁的高适不知道大约10年后自己就会位极人臣。此时的他同样四处流浪，落魄不堪。尽管如此，他仍旧在替董庭兰打气鼓劲，让他不要妄自菲薄。黄云白日、风雪摧雁的恶劣天气下，一句"天下谁人不识君"着实是一杯暖心的热酒，一双滚烫的大手。

当时高适写了两首《别董大》。另一首写的是他自己的近况：

六翮（hé）飘飖（yáo）私自怜，一离京洛十余年。

丈夫贫贱应未足，今日相逢无酒钱。

六翮，翮是禽鸟羽毛中间的硬管，这里代指鸟的两翼。飘飖，就是飘动。六翮飘飖，这里比喻四处奔波而无结果。

高适告诉董庭兰，我现在就像四处乱飞的鸟儿自伤自怜，离开京城已经有10多年了。作为大丈夫混得无权无钱，谁又心甘情愿呢？今天咱们恰巧相逢，我却连请你喝杯酒的钱都掏不出来。

对于匆匆相遇又即将分手的董庭兰，高适振作精神，给出了满满的自信。"莫愁前路无知己，天下谁人不识君"

两句照亮了董大未知的未来和苍茫的远方。

此后，我们再找不到一点关于董庭兰的消息。或许高适的一番话令他醍醐灌顶。他不再羡慕朱门大户，而是远遁江湖，于高山流水间寻找自我，幸会知音。对于一个乐师来说，琴是永远的知己，音乐才是人生的轨迹。

数十年后，诗人元稹在《小胡笳引》诗中说："哀笳慢指董家本。"意思是，流行中原的西域音乐胡笳声调，不再是曾经的沈家声和祝家声，而是董庭兰超越前两者并整理完成的董家本琴谱。而他的弟子郑宥、杜山人已成长为冠绝一时的音乐大家。

诗人崔珏曾有诗《席间咏琴客》：

> 七条弦上五音寒，此艺知音自古难。
> 唯有河南房次律，始终怜得董庭兰。

经历过大起大落的董庭兰最终明白，他的知音绝不只是房琯（字次律）一人。

御诗：皇帝的"尬舞"

　　宋仁宗在位 42 年，史家评价："百事不会，只会做官家（皇帝）。"这大约是中国历史上 400 多位皇帝得到的最佳评价。

　　百事不会，便没有杂念，方能一心一意、认认真真地做帝国的董事长。虽然秦皇汉武唐宗宋祖的故事一箩筐，但真要一项一项地拿出来列数据、拼指标，仁宗皇帝的功过综合评分可以稳居历代皇帝 Top3（前三位）。

　　皇帝也是职业，"在其位，谋其政"应是本分。偏偏皇帝当中，兴趣广泛、爱好奇特的大有人在：梁武帝迷拜佛，李后主热衷填词，宋徽宗爱写字画画，正德皇帝喜欢玩失踪，天启皇帝执着于做木匠……在这一堆"不务正业"的爱好中，比较尴尬的要数作诗填词。会吟诗作赋的皇帝，耽于文采，失于轻佻；不会作诗的，成天秀着老干部体的打油诗号令天下，一个时代的审美档次生生被拉低了好几级。

所以皇帝爱写诗，一如街头的"尬舞"，是个大概率的悲催事件。

写诗与治国

读过杨广诗作的人都会有这样的感慨：这是被皇位耽误的诗人。

春江花月夜（其一）

隋 杨广

暮江平不动，春花满正开。

流波将月去，潮水带星来。

唐人张若虚曾以一首《春江花月夜》"孤篇横绝全唐"。闻一多先生更是盛赞这首诗是"诗中的诗，顶峰上的顶峰"。殊不知，早张若虚百年，隋炀帝杨广便已有珠玉在前。

春夜的江面水波不兴，江边的春花满满地盛开。江流推着明月，潮水拥着繁星。简简单单 20 个字便把一幅春夜潮生，江花盛开的美丽画卷展现得一览无余。

寥寥四句诗，每一句都暗藏一个关键字：平、满、将、带。平，指江面之静；满，指春花之盛。这两句突出的是静态。将和带，则都是指水波激荡，突出的是动态。

相传《春江花月夜》的曲子由南陈后主陈叔宝所创，曾经生擒陈叔宝的胜利者杨广在诗文上同样技高一筹，有景有情、有静有动地展现了江流扶月、潮涌星光的绝美境界。

我们再读张若虚的《春江花月夜》："春江潮水连海平，海上明月共潮生。"你能说这两句脍炙人口的诗句里没有杨广诗的影子吗？

野　望
隋　杨广

寒鸦飞数点，流水绕孤村。
斜阳欲落处，一望黯消魂。

这又是一个被王绩、杜甫、翁卷等众多后辈诗人反复创作的诗题。杨广这位诗坛老前辈也再一次让人刮目相看。

寒鸦、流水、孤村组成了一个平远萧疏、清冷黯淡的境地，远望此景的杨广吟出了江淹的名句："黯然销魂者，唯别而已矣。"惆怅孤寂的心情溢于言表。

这首诗的精妙将在后世的诗作里反复显现：

北宋秦观的名作《满庭芳》中屡屡被人们称道的那句："斜阳外，寒鸦万点，流水绕孤村。"

元曲大家马致远的《天净沙·秋思》，人称"秋思之祖"：枯藤老树昏鸦，小桥流水人家，古道西风瘦马。夕阳西下，断肠人在天涯。

我想，秦观和马致远都在通过作品向杨广致敬。

拥有诗人的才思固然精彩，但角色定位如果是政治家，那么往往会被诗人的浪漫或者更确切一点说叫"不靠谱"带进沟里。杨广比他父皇更有想法，更有活力：他征集数百万民工兴建东都洛阳、修建京杭大运河、攻打突厥和吐谷浑，更集结了百万大军三征高丽……这些都是应该做、值得做的军国大事。但是，杨广错就错在所有项目一起立项、审批，同时上马开工，直接结果就是劳民伤财，天怒人怨。偏偏他还是个任性的主儿，死不回头，最终帝国的资金链断裂，大隋崩盘。

杨广这算是聪明反被聪明误吗？

谁抄谁的诗

侯宝林先生在相声名段《关公战秦琼》里，让饰演关公的演员念了一首定场诗：

> 大将南征胆气豪，腰横秋水雁翎刀。
> 风吹鼍（tuó）鼓山河动，电闪旌旗日月高。
> 天上麒麟原有种，穴中蝼蚁岂能逃。
> 太平待诏归来日，朕与先生解战袍。

这首诗被收录在《千家诗》里，作者一栏写的是明世宗朱厚熜。据说是明朝中后期安南屡屡叛乱，大将毛伯温奉旨率军南征。临行之际，嘉靖皇帝为毛伯温写下这首诗。总体而言，这首诗语句通俗，意思直白，充满对出征将帅的期待。一首平平之作出自 15 岁便即位的嘉靖皇帝，应属正常。

偏偏有好事者在《全明诗》中发现了一首《赐都督金事杨文广征南》：

> 大将南征胆气豪，腰悬秋水吕虔刀。
> 雷鸣甲胄（zhòu）乾坤静，风动旌旗日月高。
> 世上麒麟真有种，穴中蝼蚁竟何逃。
> 大标铜柱归来日，庭院春深听伯劳。

作者署名：朱元璋。

两首诗前后一对比，显然是不肖子孙朱厚熜涉嫌抄袭祖爷爷的作品。

而太祖爷的这首诗也有可疑之处：杨文广征南——这好像是评书《杨家将》里的故事啊？于是又有好事者翻阅《明太祖高皇帝实录》，查到：洪武二十八年（1395 年），左军都督府左都督杨文领兵三万前往广西征讨。难道是杨文被误写成了杨文广？还有，杨文的官职是左都督，而诗题中是都督金事杨文广，这都督金事可比都督低了两级。看来，这首署名朱元璋的作品同样莫名其妙。

之所以我们不信任朱元璋的原创能力，主要是之前他作诗时的表现实在过于奇葩。

唐末黄巢有一首著名的《不第后赋菊》：

待到秋来九月八，我花开后百花杀。

冲天香阵透长安，满城尽带黄金甲。

朱元璋也有一首夹枪带棒、口气吓人的《菊花诗》：

百花发时我不发，我若发时都吓杀。

要与西风战一场，遍身穿就黄金甲。

如果说落榜举子黄巢写的这首原创作品是高考未达最低录取分数线的水平，那么朱元璋的这首克隆诗就只能勉强算是高中会考及格水平了。

做皇帝拼的不是吟诗作赋，偏偏朱元璋喜欢附庸风雅，没事还爱作个诗对个对子。文采不够怎么办？没关系。平时心情好，写点口号打油诗。遇上自己不会作的诗，找找古人的同类诗作，换个开头改个结尾，基本就成自己的了。

朱元璋出生的1328年7月，元朝天顺帝驾崩，江南的藩王图帖睦尔被选为新君。在赶往大都即位途中，这位汉学功底极好的王爷踌躇满志，写下了《自集庆路入正大统途中偶吟》：

穿了毠（mú）衫便著鞭，一钩残月柳梢边。

两三点露滴如雨，六七个星犹在天。

犬吠竹篱人过语，鸡鸣茅店客惊眠。

须臾捧出扶桑日，七十二峰都在前。

　　细心的诗友会发现，在这首意气风发的诗作中，未来的元文宗多处化用古人的诗句：唐朝卢延逊的"两三条电欲为雨，七八个星犹在天"，南宋辛弃疾的"七八个星天外，两三点雨山前"。还有唐朝刘长卿的"柴门闻犬吠，风雪夜归人"，唐末温庭筠的"鸡声茅店月，人迹板桥霜"……博览群书的新皇帝偷了个懒，剪切粘贴了古人的名句。

　　在朱元璋的诗集中也有一首《早行》诗：

> 忙着征衣快着鞭，转头月挂柳梢边。
> 两三点露不成雨，七八个星尚在天。
> 茅店鸡声人过语，竹篱犬吠客惊眠。
> 等闲推出扶桑日，社稷山河在眼前。

　　看来，朱元璋爱抄袭的老毛病又犯了。据说当时有直臣就朱元璋这种抄袭行径进行了委婉的劝阻，引得朱元璋大为恼怒。他直接搬出上文提到的卢延逊、辛弃疾等人的诗句："那个图帖睦尔抄得人家的诗句，朕为何抄不得？"

"诗人"之最

　　和朱元璋有得一拼的，是清高宗乾隆皇帝。

　　2014 年夏天，故宫博物院在清理文物时发现满满两大箱乾隆皇帝的诗稿，有 28000 首之多。加上以前的 17000 多首，乾隆皇帝一个人现存的诗作竟达 46000 首。换句话说，他一个人的产量把 300 年间 2000 多位诗人的 40000 首全唐诗都给超了。

这是什么概念？乾隆皇帝活了 89 岁，就打他一出生就开始写诗，平均一年也得写诗六七百首，一天就要写两三首。再牛的诗人也不能跟他相比，整个是一吉尼斯世界纪录！如此高产，乾隆诗的质量又如何呢？

黄　瓜

清　爱新觉罗·弘历

菜盘佳品最燕京，二月尝新岂定评。

压架缀篱偏有致，田家风景绘真情。

除了符合近体诗的格式外，我实在不忍心将这 28 个字称作诗。不过是在春天的时候吃到了黄瓜，于是东扯西拉凑了四句话。全篇立意模糊，语法不通，矫揉造作，不知所云。如果再配上一张黄瓜装盘的图片，直接可以发微信朋友圈了。难怪故宫里的专家们咬着牙评价：这些诗的历史价值远远大于艺术价值。专家们只能把这些诗当作皇家生活日志来研究了。

乾隆皇帝的脑子绝对机灵，但是在文学上的造诣实属一般，可他又偏偏喜欢显摆，于是只能由一帮文臣来帮他完成诸多所谓诗作。沈德潜、纪晓岚等才子都曾替他捉刀代笔救过场。

相传有一次，乾隆皇帝带着纪大烟袋微服私访，在一家酒楼吃饭。遇到街上一家人家娶新娘，皇帝一高兴便随口作诗了："楼下锣鼓响叮咚，新娘羞坐花轿中。今日洞房花烛夜……"说了几句大白话过后，万岁爷卡壳了，抓耳挠腮急了半天，没辙，只能求助老纪。老纪何等聪明，眼珠一转便吟出一句："玉簪剔破海棠红。"艳而不俗！替乾隆完成了一首所谓佳作。

而电视剧《宰相刘罗锅》中刘墉替乾隆救场的《雪花诗》，还有《还珠格格》中紫薇替乾隆救场的《雪花诗》，真实的主角却是沈德潜。相传乾隆皇帝带着沈德潜等人在冬日的西湖边游玩，突然天空飘起雪花。皇上又来了诗性，不打草稿张口就来："一片一片又一片。"

接下来呢？"三片四片五六片。"

后面呢？还这样："七片八片九十片。"

最后一句呢？乾隆也觉得不能再这样数数玩儿了，回头看其他人。

这帮大臣都傻那儿了。这种"门前大桥下，游过一群鸭，快来快来数一数，二四六七八"的儿歌，谁能接得上啊！

幸好还有才子沈德潜。沈老头皱着眉头想了一想，赶紧拱手，还不忘吹捧一下主子："皇上的诗太好了，微臣斗胆狗尾续貂一下：飞入梅花都不见。"真是七个字救活一首烂诗！当然版权也归皇帝了。

估计沈德潜经常做这样的事，觉得有点对不起自己的智商，于是回家把这些诗都记下来，退休后全编入了自己的文集《咸录焉》。谁知道他故去以后，竟然被牵扯进一桩文字狱。办案的人到他家一抄家，发现了他的文集里竟然还把皇帝的御诗"据为己有"！这是多大的罪过啊！乾隆皇帝一道旨下，棺材里的老沈被戮尸扬灰。

争原创版权争到开棺戮尸，谁还能"尬"过乾隆？

别把作诗当正事

聪明的君王，不会学穷酸秀才在那里搜肠刮肚寻章摘句，诗词不过是他们关键时候驭下有术的恰当点缀。

赐 萧 瑀
唐 李世民

疾风知劲草，板荡识诚臣。
勇夫安识义，智者必怀仁。

萧瑀是南朝萧梁的皇族，一生历经南陈、隋、唐三朝，曾六任宰相，经历隋唐之际的众多历史事件。萧瑀为官德才兼备，为人光明磊落，因此名列凌烟阁二十四功臣第九位。

唐太宗李世民存世的诗作不少，多是泛泛之作，唯独这首诗流传深远。

"疾风知劲草"一句非李世民的原创，而是出自《东观汉记·王霸传》中光武帝刘秀称赞王霸的话："颍川从我者皆逝，而子独留，始验疾风知劲草。"刘秀借疾风劲草来比喻经历危难考验后，方能识别意志坚定、忠诚可靠的追随者。李世民原封不动照搬了原义。

接下来，他做了一次漂亮的典故拼接。所谓"板荡"，是《诗经·大雅》中两篇作品的名称。《板》《荡》二诗都是讥讽周厉王在位时政局的败坏。这里"板荡"代指的就是时局的变乱。"劲草"之于"疾风"，"诚臣"之于"板荡"，都是在经受严峻的考验。从自然现象到社会事件，李世民提炼出了宝贵的人生哲理，因此广为人知。

后两句则对诚臣作了进一步要求：逞一时之勇的可以算作勇士，却达不到义士的高度，而真正的智者必然心怀仁德。

这首称赞萧瑀的小诗其实表达了李世民的人才观：忠诚是人才最基本的素质，但仅有忠诚远远不够，还要智勇双全，识义怀仁。

他用浅显的语句、形象的比喻，言简意赅地揭示了忠、勇、智、仁、义五大人才要素之间的辩证关系。这不仅对领导者的知人善任具有现实意义，并且对于每一个普通人的自我完善、成人成才，也有启迪作用。后世每每提及"疾风知劲草，板荡识诚臣"之际，其实都是在为李世民的远见卓识点赞。

宋太祖赵匡胤久历戎行，行军打仗没有问题，写诗填词实在不是他的强项。偏偏在与南唐的对峙中，对方派来了一位诗词高手徐铉，要跟他在金殿上来一场诗词大会。

李世民书法《温泉铭》拓本

战场上打不过北宋的南唐君臣似乎想在谈判桌上靠文采实现两国罢兵。使者徐铉一上来便大赞他的主子李煜如何博学多艺，并当场背诵他的名篇《秋月》。对此，赵匡胤呵呵一笑："酸文假醋的玩意儿，我都懒得说。"

徐铉顺势回怼了一句："那么陛下有什么好诗文拿出来分享一下？"

满朝文武闻言面面相觑。因为从来没见皇帝写过诗啊！

赵匡胤不慌不忙说道："当年我没发迹之时，从秦川回家，经过华山时，酒醉睡在田间，酒醒之时已是月上东山，我随口就吟出一首诗。不过时间太久，我现在只记得当中两句，好像是：'未离海底千山暗，才到中天万国明'。"

徐铉当即跪地拜服："您真是名副其实的天下之主！"

赵匡胤存世的似乎只有这样两句残诗。皇帝会不会写诗不要紧，重要的是能够在关键时刻秀出威力，一剑封喉。

同样都是马上皇帝，只写过两句诗的赵匡胤和到处抄诗的朱元璋，孰高孰低？答案显而易见。开国君主的风格往往决定着一个王朝的文化品位。宋与明，哪一个更文质彬彬呢？

寻常篇

酒：诗＋词＋年华，三缺一

诗词里应该有"酒"，否则便如公共食堂里的免费紫菜蛋汤，寡淡无味。

陶渊明曾经一口气写下 20 首《饮酒》诗。尽管他在序言里说："偶有名酒，无夕不饮"（偶尔有了好酒，便没有哪一晚不喝的），但是诗里却没有酒气冲天，反倒是醇厚悠远。

> 结庐在人境，而无车马喧。
> 问君何能尔？心远地自偏。
> 采菊东篱下，悠然见南山。
> 山气日夕佳，飞鸟相与还。
> 此中有真意，欲辨已忘言。

在其中最著名的第五首《饮酒》诗里，我们读到了所谓的"中隐隐于市"。摆脱世俗干扰最好的办法叫作"心远"，心不念名利场，情不系权贵门，自然可以实现"身未动，心已远"。

如今都市人向往的"农家乐"田园生活，想来大抵也就是五柳先生所说的采菊东篱、乐见南山的悠然风格。陶醉其中时，陶渊明还不忘呼朋引伴——"飞鸟相与还"一句就是在现身说法，规劝其他朋友也能摆脱尘俗，还于山林。

美酒醉人，美景醉人，物我两忘之际，陶渊明有些得意地说，此中真意只可意会，不可言传。

一首小诗融说理、抒情、写景于一炉，轻描淡写间便实现了诗意盎然。谁能想到这出自一个拿酒当水喝的酒徒？真正的诗人，喝下的是酒，吐出的是沉醉。

醉　太　白

喝酒千杯不醉，写诗万古不废，似乎只有李白了。

> 李白斗酒诗百篇，长安市上酒家眠。
> 天子呼来不上船，自称臣是酒中仙。

当年，初到长安的杜甫见到贺知章、李适之、李琎、崔宗之、苏晋、张旭、焦遂和李白这八位"大咖"时，不仅为他们的才情折服，更对他们的酒量啧啧称奇。于是欣然写下《饮中八仙歌》。全诗 22 句，平均下来，每位酒仙分得两三句，独独李白分得四句。

杜甫最懂李白。饮中八仙的其他七位是豪饮者，却担不起仙人名号。只有李白才是名副其实的"酒中仙"。他有独步千古的仙才，更有逸兴遄飞的仙气。李白被贺知章唤作"谪仙人"，想来从天界贬谪人间，这仙人便是生活在别处的异类了。所以杜甫知道，这位老哥饮的不是酒，而是孤独。

李白饮酒，即便独饮，也是自带情节的。

月下独酌（其一）
唐　李白

花间一壶酒，独酌无相亲。

举杯邀明月，对影成三人。

月既不解饮，影徒随我身。

暂伴月将影，行乐须及春。

我歌月徘徊，我舞影零乱。

醒时同交欢，醉后各分散。

永结无情游，相期邈云汉。

大晚上的，一个人在院子里喝闷酒，想想都觉得无聊，偏偏李白玩出了"三合一"：天上有月，地上有影，谁说我只是一个人？明明有三个人嘛！虽然有了同伴，但毕竟它俩不言不语，这喝酒的气氛如何营造呢？

李白且歌且舞。举手投足间，他享受到了月影的徘徊，花叶的零乱。那一刻的月下花间，记录的是一个人的狂欢，定格的是一个人的寂寞。

即便是这样的自娱自乐，也会曲终人散。下一次的人月共舞会是什么时候呢？"相期邈云汉"，等着哪天你飞到天上来吧。看来在人间，李白注定只能是一个孤独的舞者，一个独饮的酒徒。

说李白和酒，一定不能错过《将进酒》：

> 君不见，黄河之水天上来，奔流到海不复回。
> 君不见，高堂明镜悲白发，朝如青丝暮成雪。
> 人生得意须尽欢，莫使金樽空对月。
> 天生我材必有用，千金散尽还复来。
> 烹羊宰牛且为乐，会须一饮三百杯。
> 岑夫子，丹丘生，将进酒，杯莫停。
> 与君歌一曲，请君为我倾耳听。
> 钟鼓馔玉不足贵，但愿长醉不复醒。
> 古来圣贤皆寂寞，惟有饮者留其名。
> 陈王昔时宴平乐，斗酒十千恣欢谑。
> 主人何为言少钱，径须沽取对君酌。
> 五花马，千金裘，
> 呼儿将出换美酒，与尔同销万古愁。

一口气读完这首诗，是什么感觉？一个字，爽！两个字，痛快！三个字，帅呆了！其实这就是李白的自画像，就是李白的内心独白。

这是我行我素的李白："斗酒十千恣欢谑。"一万钱一斗的好酒尽管端上来，我要痛痛快快地喝个尽兴。喝到兴头上，李白霸道地向岑勋和元丹丘劝酒："将进酒，杯莫停。与君歌一曲，请君为我倾耳听。"喝喝喝，手中杯不要停。我要为二位高歌一曲，你们只管洗耳恭听！

这是快意人生的李白："人生得意须尽欢，莫使金樽空对月。"正因为"朝如青丝暮成雪"，那就莫负韶华，"将进酒，杯莫停"。

这是独步千古的李白："古来圣贤皆寂寞，惟有饮者留其名。"写这首诗时，李白已经被排挤出长安，当初的公卿美梦已然破灭。在梁宋之地，他与岑勋、元丹丘两位朋友一起喝酒，自然要将胸中的郁闷借着酒劲一吐为快。他没有自怨自艾，而是放眼古今。既然大圣大贤都如我一般寂寞，那我又有什么好难过的呢？还是做个喝酒喝出传奇的人吧。

这是嗜酒如命的李白："烹羊宰牛且为乐，会须一饮三百杯。"酒逢知己千杯少，酒又何尝不是我们的知己？李白曾说："百年三万六千日，一日须倾三百杯。"（《襄阳歌》）无酒不成诗，无酒不是我。

这是桀骜不驯的李白："钟鼓馔玉不足贵，但愿长醉不复醒。"钟鸣鼎食的富家做派在我眼里一钱不值，我只想醒时饮酒，醉后不醒。

　　这是自信满满的李白："天生我材必有用，千金散金还复来。"李白从来不在乎别人蔑视自己的眼光。虽然屡屡不得志，但他照样"仰天大笑出门去，我辈岂是蓬蒿人"。他的才情成就了他的洒脱。

　　这是反客为主的李白："主人何为言少钱，径须沽取对君酌。"酒至半酣之时，李白实在看不上主人的小气。没钱是吗？把你们家的"五花马，千金裘"值钱的玩意儿都拿出来，叫孩子拿到当铺当了换酒，接着喝。

　　诗的开头，李白在感叹人生苦短，潜台词是说他的人生并不得意，但是李白并未因此而颓废。他自比古时圣贤，自比陈王曹植。既然圣贤皆寂寞，那我就做个留其名的饮者。喝酒！怎么喝？金樽盛酒，烹羊宰牛，一饮三百杯，斗酒十千钱。即便没钱，也没什么大不了。五花马，千金裘，全都拿去换酒，你我同销万古愁。

　　一首诗写得震古烁今，气象万千，大开大合，错落有致。中间用了大量夸张的修辞手法：黄河之水天上来、朝如青丝暮成雪、会须一饮三百杯、千金散尽还复来、斗酒十千恣欢谑、五花马千金裘……都是典型的李白式的浪漫夸张。这就是李白的豪情，如黄河之水汪洋恣肆；这就是李白的苦闷，百年孤独，千年寂寞。

　　关于李白和酒，台湾诗人余光中曾有一段著名的诗句：

　　　　酒入豪肠，七分酿成了月光
　　　　余下的三分啸成剑气

绣口一吐就半个盛唐

在这首《寻李白》的诗中，余光中为李白的人生写出了两个算式：

酒＋李白＝月光＋剑气

月光＋剑气＝半个盛唐

我们据此类推：酒＋李白＝半个盛唐。

李白记录的，正是皇皇大唐器宇轩昂的 A 面。

醉　东　坡

清朝的王士禛评价说：汉魏以来两千年间诗家堪称"仙才"者，曹植、李白、苏轼三人耳。所以，苏轼的饮酒词值得一读。

同样是花前月下，苏轼吟道："持杯月下花前醉，休问荣枯事。此欢能有几人知，对酒逢花不饮，待何时。"（《虞美人》）我们可以把这里看作是苏轼向李白的致敬。

西　江　月
北宋　苏轼

世事一场大梦，人生几度秋凉？夜来风叶已鸣廊，看取眉头鬓上。

酒贱常愁客少，月明多被云妨。中秋谁与共孤光，把盏凄然北望。

每逢中秋，不论贬谪黄州，还是困守儋州，苏轼都会把酒问月，遥忆老弟苏辙。那首《水调歌头》（明月几时有）家喻户晓，而这首凉凉的《西江月》则知音寥寥。

苏轼的诗才不逊李白，但是命运却比李白坎坷许多。所以在苏轼的诗词里，我们更多读到的，是放达之余的无奈，看透之后的凄凉。世事无常，人生悲凉。因为云妨月明，苏轼被小人谗言所伤，贬谪外地，人穷酒贱无客临门。中秋月圆之夜，苏轼独自把盏凄然北望。他想念老弟，同样希望汴京城的皇帝能够洞悉他的一片赤诚。如果说《水调歌头》（明月几时有）遥想的是天上宫阙的清寒，那么这首《西江月》细数的则是人间秋夜的凄凉。

临江仙·夜归临皋
北宋 苏轼

夜饮东坡醒复醉，归来仿佛三更。家童鼻息已雷鸣。敲门都不应，倚杖听江声。

长恨此身非我有，何时忘却营营？夜阑风静縠纹平。小舟从此逝，江海寄余生。

苏轼的酒量不如李白，烂醉如泥的情形并不多见。故而一顿大酒之后，他还能自己走回家。偏偏小童儿睡得很沉，怎么叫门都不应。夜半时分，苏轼只得独立江边，倚杖听涛。

夜风吹过，醉意渐消，苏轼思绪万千。人在官场，身不由己。所有烦恼皆源自名利场的蝇营狗苟。面对江水，他想到了孔子的"道不行，乘桴浮于海"，他更羡慕功成身退的范蠡那一叶江湖扁舟。他萌生了退意。他想跟随自己的内心，做回真实的自我。

苏轼的烦恼是中国古代文人的通病：庙堂有梦，江湖有酒。庙堂梦看上去很美，但是极难梦圆。梦碎过后，一部分文人咬着牙在噩梦中熬成了自己当初鄙夷的小人，一部分文人则干脆退隐江湖。江湖中有酒有朋友，可是成就不了他们"学会文武艺，货与帝王家"的人生梦想。诗酒年华里，他们心有不甘。疲于庙堂之争，耽于江湖之老，苏轼们左右为难。

醉　稼　轩

同属豪放·派的辛弃疾有过"沙场秋点兵"的经历，所以他的词作比苏轼多了一分剑气。

西江月·遣兴

南宋　辛弃疾

醉里且贪欢笑，要愁那得工夫。近来始觉古人书，信著全无是处。

昨夜松边醉倒，问松："我醉何如？"只疑松动要来扶，以手推松曰："去！"

同样是借酒浇愁的日子，辛弃疾却醉得铿然有声。

他精心准备的《美芹十论》《九议》这些"万字平戎策"上奏朝廷后杳无音信，竟抵不过"东家种树书"，简直郁闷到了极点。他却偏偏要说，我正忙着买醉寻欢，哪有工夫发愁啊！尽管这醉那样牵强，这笑那样苦涩。

都说酒话不可信，辛弃疾今天则要酒后吐真言。孟老夫子说："尽信书，则不如无书。"是啊！我近期读书发现，古人的书都是胡说八道。如果信了古书，那便真是否定自我了！

酒醉人不醉。辛弃疾看似在指责古人书，实则以醉话诳语抨击朝廷不思进取、偏安江南的苟且心思。

苏轼还能在江边醒酒，酩酊大醉的辛弃疾已经醉倒松边。迷迷糊糊间，他竟然向松树发问："你看我醉得如何？"一个人喝闷酒，喝完了连说句话都只能找松树。辛弃疾的落寞也真是空前绝后。松树在那里不动不摇，不言不语。摇摇晃晃挣扎着站起来的辛弃疾以手撑树，却以为松树要过来扶自己，随手推开松树，厉声喝道："走开！"

这是辛弃疾和松树版的《酒醉的探戈》。下阕四句词惟妙惟肖地展现了当时的醉态，也准确传神地刻画了一个迟暮英雄的无奈与倔强。

岳飞在《小重山》里说："知音少，弦断有谁听。"辛弃疾何尝没有这样的苦闷。当年的英雄"壮岁旌旗拥万夫"，如今只落得醉后问松。即便如此，辛弃疾仍旧独立不倚，他不需要任何同情，他仍要坚守自我，对抗这无奈的

辛弃疾唯一传世真迹《去国帖》

现实。

这首词名为《遣兴》，可是辛弃疾的愁怨哪里排遣的了呢？唱摇滚的张楚说："孤独的人是可耻的。"辛弃疾反驳："我见青山多妩媚，料青山、见我应如是。"他就是他，是那一团颜色不一样的焰火。

定 风 波

南宋 辛弃疾

昨夜山公倒载归，儿童应笑醉如泥。试与扶头浑未醒，休问，梦魂犹在葛家溪。

欲觅醉乡今古路，知处，温柔东畔白云西。起向绿窗高处看，题遍，刘伶元自有贤妻。

这首词前面有一段题记："大醉归自葛园，家人有痛饮之戒，故书于壁。"说的是那夜辛弃疾在葛园喝了顿大酒，回家后看到家人让他戒酒的提示，于是他又在墙上涂鸦一片。

这顿酒喝得可不少，辛弃疾是被人用马车送回家的，连路边的孩子都笑他醉得不省人事。家人七手八脚把他搀进家门，任人摆步的辛弃疾还在回味葛家溪的觥筹交错。等到次日天明，宿醉初醒的他看到满墙不知所云的字句，这才回想起昨夜的醉后失态。

辛弃疾缘何醉成这样？

时年 47 岁的他已经隐居山中 5 年了。这个曾经的英雄仍旧个性峥嵘，于俗世凡尘"浑未醒"。昨夜喝酒的地方值得我们关注——葛家溪（葛园），今天江西上饶灵山附近，相传春秋战国时的铸剑大师欧冶子铸剑于此。原来，辛弃疾不单单是来喝酒的，还是来这里朝拜剑魂，磨砺日渐消散的英雄气的。他渴望自己这柄吴钩剑能够再回"吹角连营"。

酒醉之时他是梦里英雄，可是酒醒之后呢？他仍旧只是山居闲人一个。满墙龙飞凤舞、文法不通的文字，应该是妻子在他睡去后做的涂改。酩酊大醉中的辛弃疾一定尽述对朝廷的满腹牢骚，可是出于对他的安危考虑，妻子做了大量修改，才让人无法看懂他的原意。"竹林七贤"里的酒神刘伶饮酒无度，为了他的健康，贤惠的妻子想尽办法帮他戒酒。今天，辛弃疾感慨万分：刘伶的贤妻我没见过，我的妻子才是知我疼我的一生知己。

少年时英雄，壮年时坎坷，老年时落寞。"醉里挑灯看剑"——词如其人，辛弃疾的词里总有一种于心不甘的执拗，一番刀剑如梦的振作，一段酒入愁肠的心痛。

脍：让人回味了 1700 年的生鱼片

孟子在他的名篇《孟子·告子上》里说："鱼，我所欲也；熊掌，亦我所欲也。二者不可得兼，舍鱼而取熊掌者也。"和多数古人一样，孟子认为：水里最好的食物是鱼。

提起美味的鱼，很多人脱口而出的一定是那首唐朝张志和的《渔歌子》：

> 西塞山前白鹭飞，桃花流水鳜鱼肥。
> 青箬笠，绿蓑衣，斜风细雨不须归。

唐代宗大历八年（773 年）的暮春时节，诗人兼画家的张志和前往浙江湖州，拜会时任湖州刺史的老朋友、大书法家颜真卿。时值春汛，泛舟西苕溪的张志和极目远眺，西塞山前桃之夭夭，春水初涨，白鹭高飞，烟波钓叟在那里静候鳜鱼，好一段神仙日子。

画家的笔下不仅有诗，更是一幅明丽的水乡春汛图：山岩青翠，碧水东流，两岸桃花红艳，江上白鹭高飞，江中鳜鱼黄褐，身上蓑笠青绿。沐浴在这样的斜风细雨中，渔父自然乐而忘返。

有景有色，似乎还应该有味儿。不过这鳜鱼只一个"肥"字。是肥美，还是肥腻？可惜张志和不是美食家，鳜鱼的美味只能随着时间的流逝越来越淡。

《渔歌子》风靡大唐，张志和不吃惊。意外的是，40多年后这首词传到日本，迷恋汉学的嵯峨天皇疯狂地爱上了这首词。一时间，朝廷上下争读《渔歌子》，仿写《渔歌子》。据说在一次宴会上，嵯峨天皇一口气写下五首《渔歌子》。

貌似这写诗的速度有点快，数量有点多，那质量如何呢？我随便挑选了一首嵯峨天皇那天写的《渔歌子》：

> 寒江春晓片云晴，两岸花飞夜更明。
> 鲈鱼脍，莼菜羹，餐罢酣歌带月行。

显然，这是附会张志和原词的效颦之作。不过对于日本人学汉语，我们大可不必过分苛求诗词的技巧。

不过在这首词里，我们看到了另外两道美食——鲈鱼脍、莼菜羹，这才是流传千古的鱼鲜佳肴。

辞职的理由：回家吃鱼

关于鲈鱼脍和莼菜羹，原本是一个关于辞职的故事。

西晋初年，吴江（今江苏苏州）人张翰在执掌朝政的齐王司马冏手下做大司马东曹掾，也就是齐王手下的一个幕僚。

自 291 年起，西晋皇族司马家的这帮诸侯王为了争夺中央政权打起了群架，并且一打就是 16 年，史称"八王之乱"。这场皇族内乱最终导致西晋灭亡。这个齐王司马冏就是八王之一。

虽然这个"冏"字古义是光明，并且和"炯"相通，但是我们还是觉得司马冏的爹妈有先见之明，仿佛早就知道 1700 多年后这个字会在网上被好事者加了一横变成"囧"，成为悲催一词最形象的 Logo（标志）。

司马冏，人如其名，结局太"囧"。在这场闹剧般的内乱中，他是上蹿下跳，最终兵败被杀，受他牵连丢了性命的竟有 2000 人之多。偏偏他的秘书张翰安然无恙。

因为在此之前，他已经递上了辞职报告。

曾是东吴旧臣的张翰对西晋皇族无聊的政治争斗十分反感。他和同样来自东吴的好友顾荣时常聊起在江南"采南山蕨，饮三江水"的乐事。秋风渐起，张翰想起从前在老家乐享的菰菜、莼羹和鲈鱼脍几道美食，感叹道："人生贵得适志，何能羁宦数千里以要名爵乎！"意思是说，人生贵在顺心遂意，怎么能为了做官而把自己拴在几千里外的京城，而不回家呢？

于是他提笔写下了自己的心情：

思吴江歌

秋风起兮木叶飞，吴江水兮鲈正肥。

三千里兮家未归，恨难禁兮仰天悲。

诗的意思很好理解：秋风起，树叶飞，吴江的鲈鱼味美肉肥。我离家几千里，想回却不能回。思乡的离愁别恨难以压抑，只能仰天长叹。

既然想家想到这个份儿上，那张翰直接就找齐王打了辞职报告：对不起，我要回家吃鱼去了。

他不是齐王身边的红人，没人挽留他，顺利"炒"掉了王爷。

传说中的"金齑玉脍"

明眼人都知道，鲈鱼不过是托词。远离倾轧争斗的是非之地，躲过刀兵之灾才是张翰的高明之处。他高就高在，辞职理由如此名正言顺，暖意融融。以至于千百年后我们还记得张翰，记得他思念的那条鲈鱼。

这就是成语"莼鲈之思"和"莼羹鲈脍"的典故。羹指的是汤，脍，音 kuài，指切得精细的鱼肉，也作"鲙"。这两个成语表达的都是思乡之情。张翰的一首思乡诗牵出江南的三道美食：菰菜、莼羹、鲈鱼脍。

何谓菰菜？就是咱们常说的茭白。莼羹，也是如今餐桌上常见的莼菜羹。鲈鱼脍呢？这可不是市场上随处可见的鲈鱼，而是松江鲈鱼——人称"江南第一名鱼"。

松江鲈鱼和普通鲈鱼有什么不同？一般鲈鱼是两鳃，据说松江鲈鱼看上去如同左右各两鳃，呈橘色。因产于吴江，也就是现在的上海松江流域，故此得名：松江鲈鱼，四鳃鲈鱼。

鲈鱼脍是道什么菜？《汉书·东方朔传》中说："生肉为脍。"我们恍然大悟：为了保持肉质鲜嫩和原味，古人食鱼多是生肉片，所以才要切得细，切得薄。难怪孔老夫子说："食不厌精，脍不厌细。"成语"脍炙人口"中的"脍炙"，指的就是生鱼片和烤肉。又因为脍多是鱼脍，生出了一个特指的新字"鲙"。

相传隋炀帝下扬州时，吴郡奉上松江鲈鱼的干脍。在清水里泡发后和新鲜鱼片一般无二，拌上切过的香柔花叶，再辅以相关配料，鲜亮地装盘并呈给皇帝。鱼肉如玉，酱料似金，皇帝杨广忍不住尝上一口，连声称赞："东南佳味！简直就是传说中的金齑（jī）玉脍！"于是鲈鱼脍又有了一个新名字：金齑玉脍。

好吃的唐人

真正让松江鲈鱼名扬千古的，还是那帮舞文弄墨的公知大 V。

　　唐朝书法家欧阳询曾抄录《晋书》中张翰思鲈的故事。这幅短短98字的名帖，人称《张翰思鲈帖》，又叫《季鹰帖》（张翰字季鹰）。素以楷书见长的欧阳询这次却以行书抄录，最终因"笔法险劲，猛锐长驱"（宋徽宗评语），勇夺"天下第七行书"的美誉。

　　《黄鹤楼》的作者崔颢在《维扬送友还苏州》中写道："长安南下几程途，得到邗沟吊绿芜。渚畔鲈鱼舟上钓，羡君归老向东吴。"在扬州迎送从京城返乡的老友，崔颢想象着未来老友吴江垂钓、坐享莼羹的惬意生活，字里行间充满了羡慕。

　　在老友房琯做汉州刺史时开凿的西湖上泛舟，杜甫写道："豉化莼丝熟，刀鸣鲙缕飞。"（《陪王汉州留杜绵州泛房公西湖》）诗圣就是诗圣，短短10个字，生动形象地描绘了两道名菜的做法：盐豉煮莼丝，快刀片鱼鲙。

　　白居易对莼羹鲈脍同样是心心念念："犹有鲈鱼莼菜兴，来春或拟往江东。"（《偶吟》）听说江南鱼肥莼兴，他早早就计划着明年春天要前往江东大吃一顿。后来，白居易被派到江南做官，自然遂了舌尖上的心愿。于是，我们在他的诗里屡屡见到这些名菜："鱼脍芥酱调，水葵盐豉絮。"（《和微之诗二十三首·三月三十日四十韵》）

　　这里还有一个典故。《世说新语·言语》里说，江南才子陆机到洛阳的侍中王济家做客。王济指着桌上几斛叫作羊酪的美食问陆机："你们江东有什么好吃的可以跟此物相媲美吗？"陆机微微一笑："有千里莼羹，但未下盐豉耳。"

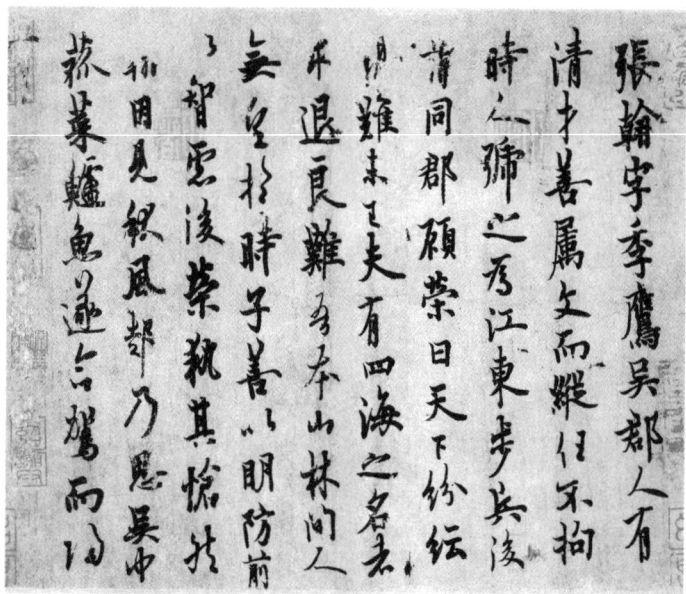

"天下第七行书"欧阳询《张翰思鲈帖》

他的意思是，我们那儿千里湖出产的莼菜做的羹汤，不用放盐豉这些调料就可以超过羊酪。

后人于是常用"盐豉莼羹"形容难得的美味。而莼菜又名水葵，所以白居易"鱼脍芥酱调，水葵盐豉絮"这两句诗的意思是，生鲈鱼片抹上芥末酱，莼菜羹加了盐豉各种作料。难怪白大人吃得这样开心。

此外，"绿蚁杯香嫩，红丝脍缕肥。故园无此味，何必苦思归。"（《春末夏初闲游江郭二首·其一》）新醅的好酒配上鲈鱼脍，白大人真的是乐不思归了。

当然，白居易决不只是一个贪图口舌之欢的纯"吃货"，他更懂张翰思鲈背后的深意。所以他对好友户部杨侍郎去信说："西户最荣君好去，左冯虽稳我慵来。秋风一箸鲈鱼鲙，张翰摇头唤不回。"（《寄杨六侍郎·时杨初授户部，予不赴同州》）他和张翰一样，并不羡慕官场的紫袍金带。

宋人的情趣

唐人好酒爱吃，宋人有过之无不及。

老家也是吴江的范仲淹有一首家喻户晓的名作《江上渔者》：

> 江上往来人，但爱鲈鱼美。
> 君看一叶舟，出没风波里。

这首诗读来，完全没有美味的感觉，相反是惊心动魄：江上与风波里是两种情境，往来人和渔者是两种人，往来和出没完全是两种状态。范仲淹用平实的语言实现了强烈对比。鲈鱼味美，粉丝众多，可是大家对美食津津乐道的同时，有谁注意过出没风波、捕捞鲈鱼的渔者呢？渔者工作之艰辛与大众对鲈鱼之热衷程度，成正比。

作为大宋最会写文章的"吃货"，苏轼在他的名篇《后赤壁赋》中明确提到，同行的客人对他说："今者薄暮，举网得鱼，巨口细鳞，状如松江之鲈。顾安所得酒乎？"就是一个客人傍晚时网到一条形似松江鲈鱼的大鱼，问他有没有好酒。苏轼自然高兴，回家跟妻子一说，善解人意的夫人取出一斗收藏多年的好酒。于是，几个人带上鱼和好酒夜游赤壁。

与《前赤壁赋》的结尾，几个人喝酒喝得"杯盘狼藉"，相互依靠着睡在船上不同，《后赤壁赋》重点说的却是上岸登山的情节，至于鱼和酒，一笔带过。或许那一夜的东坡"悄然而悲，肃然而恐"，鱼和酒都无法慰藉吧。

与苏轼齐名的辛弃疾似乎没有东坡那样的好兴致。在《水龙吟·登建康赏心亭》的下阕，他写道："休说鲈鱼堪脍，尽西风，季鹰归未？"辛弃疾的意思是：别提家乡的鲈鱼肉鲜味美，秋风尽吹，可是张翰张季鹰归乡了没有？身处建康（今江苏南京）的辛弃疾虽然可以尝到鲈脍美味，但是季鹰思归的典故却令他黯然神伤。他的家乡在历城（今山东济南），如今已成金国领土，"归未"之问在他心中反复响起。腰间空有吴钩剑，江南却无人理会他的报国之志。眼前依旧"红巾翠袖"，歌舞升平，老去的英雄已是泪眼迷离。

江南好，英雄少。所以南宋文人的笔下，春和景明仍是主流。范成大的《四时田园杂兴》系列以 5 个部分 60 首诗的庞大篇幅尽述江南四季的田园生活情趣。在第四部分《秋日田园杂兴》的第 11 首诗里，我们又见鲈脍：

细捣枨（chéng）虀（jī）买鲙鱼，西风吹上四鳃鲈。
雪松酥腻千丝缕，除却松江到处无。

范成大骄傲地将四鳃鲈设为松江舍我其谁的特产。
与范成大齐名的杨万里更是特意作《鲈鱼》诗一首：

两年三度过垂虹，每过垂虹每雪中。
要与鲈鱼偿旧债，不应张翰独秋风。
买来一尾那嫌少，尚有杯羹慰老穷。
只是蓴（pò）丝无觅处，仰天大笑笑天公。

杨万里曾在两年间三次经过吴江的垂虹桥，每次过桥都是雪天。他想起张翰思鲈的典故，于是买来一尾四鳃鲈鱼下酒。只是天降大雪，上哪儿去采好吃的蓴菜（即莼菜）呢？

陆游很能理解当年张翰思鲈的心情："鲈肥菰脆调羹

美，荞熟油新作饼香。自古达人轻富贵，倒缘乡味忆还乡。"（《初冬绝句》）吸引资深吃货陆游返乡的，不仅有鲈鱼菰菜莼羹，还有荞麦做的汤饼。需要补充说明的是，宋时的汤饼不是我们现在吃的面饼，而是面片。

鲈鱼传说

鱼入诗词，自然兴味益然。但在民间传说里，又是另一番活色生香。

在张翰之前的东汉末年，有一位方士叫左慈。《后汉书》里说，左慈擅长大变活物。一天曹操召集达官显贵开"派对"，感叹少了松江鲈鱼这道大菜。坐在下面的左慈站起来，说他能变出活鱼。曹操于是命人取来盛满水的铜盘，左慈拿着鱼竿开始钓鱼。没一会儿就钓上来一条活蹦乱跳的松江鲈鱼。曹操看得神奇，说一条不够大家吃，能不能多钓些？于是左慈接着又钓出好多条三尺来长的活鲈鱼。这个故事后来被罗贯中收录在《三国演义》第六十八回《甘宁百骑劫魏营　左慈掷杯戏曹操》。只是情节过于玄幻，姑妄听之吧。

据说乾隆皇帝下江南时，在松江府两次品尝鲈鱼，并御赐"江南第一名鱼"的金字招牌。民间但凡好吃好玩好看的物件，似乎都会绕着弯地跟乾隆扯上关系。松江鲈鱼看来也不能免俗。至于网上广为流传的李鸿章进献松江鲈鱼、曾国藩吃鱼的故事，究其源头却是湖南作家唐浩明的长篇小说《曾国藩》第三部《黑雨》里的情节。同样不可信。此外还有，当年松江知府在一次官场宴会上以鲈鱼为题，给出上联："鲈鱼四鳃，独占松江一府，何处佳肴堪与比。"无人能对。一下惹怒了两江总督张之洞，秒对下联："螃蟹八足，横行天下九州，此物本领不寻常。"故事出处且留待考察，但这副对联对得甚是精妙。

2018年初，《舌尖上的中国3》开播，当中有一集说的便是四鳃鲈鱼。剧组专门前往上海找到当地名厨复原了这道名菜"金齑玉脍"。但是节目甫一播出，细心的网友就看出了破绽——节目当中的鲈鱼叫大口黑鲈（俗称美国加州鲈），根本不是四鳃鲈鱼。做中国传统名菜，你用美国鲈鱼？面对网友的拍砖，节目组解释，上海当地根本找不到四鳃鲈鱼，无奈只得跑到菜场临时买了一条大口黑鲈。四鳃鲈鱼濒临绝种了吗？

是的。我们现在所能看到最近的关于四鳃鲈鱼的记载，是1972年美国总统尼克松访华之时。尼克松总统在上海参观访问时，周恩来总理特意安排了松江四鳃鲈鱼招待美国客人，得到高度称赞。以至于1986年英国女王伊丽莎白二世访华时，点名想吃"尼克松鱼"（女王记不清四鳃鲈鱼的名字，只记得美国总统吃过），但此时松江里已经找不到野生的四鳃鲈鱼了。如今我们见到的松江鲈鱼都是人工养殖的品种。史书上说松江鲈鱼"皆长三尺余"，现在人工养殖的品种则长约三四寸。

在上海、苏州等地五星级饭店的菜单上还可以找到

"金齑玉脍"这道菜，据说完全依古法制作。有网友品尝过，说感觉鱼肉很粗，并没有传说中的那么好。

人工养殖的鲈鱼肉质固然没有野生鲈鱼鲜嫩，但是古法"金齑玉脍"究竟需要什么配料，如何烹制呢？

北魏的贾思勰在《齐民要术》一书中提到一种叫八和齑的调味品，就是8种配料：蒜、姜、盐、酱、白梅、橘皮、熟栗子肉和粳米饭。这8味调料捣成碎末，调成糊状，呈金黄色，故称金齑。上菜时，金齑、芥末酱及其他调料，与片好的生鲈鱼片分别装碟，便是金齑玉脍了。

正因为现在寻不到野生四鳃鲈鱼，也做不出地道的金齑玉脍，张翰思念的那三道菜才更令我们心驰神往。狐狸吃不到葡萄，便说葡萄酸。我们不会那样自欺欺人。美味就是美味，千年过去，仍在诗词封存的文化琥珀里有滋有味。

书信：碎碎念，岁岁念

　　一串字符，外加几个表情，这或许就是网络 E 时代的孩子对于"信"的概念。我无意苛责孩子们对书信的陌生。在以速度和效果作为评判标准的今天，书信自然缺少存在的土壤。书信属于"从前慢"。

　　对于我们的祖先来说，外出是一种奢望，叫作出远门。一个"远"字，不只是说空间上的千山万水，更有时间上的漫无边际。一旦启程，最终的驻足便不知猴年马月了。所有路途中的所见所闻所思所想，一股脑儿地全倒进书信。于是，书信也不再是一张爬满蝇头小楷的书写纸，而是一只可以承载太多感情和心智的漂流瓶。在这里，写信的和读信的都得以心安。或许它应该有个别名，叫寄托。

　　其实，书信的别名多到不胜枚举，每一个别名都是心香一瓣。

家　书

春　望
唐　杜甫

国破山河在，城春草木深。
感时花溅泪，恨别鸟惊心。
烽火连三月，家书抵万金。
白头搔更短，浑欲不胜簪。

　　"烽火连三月，家书抵万金"应该是最家喻户晓的书信诗句了。家书当中写满了杜甫的郁闷与焦虑。"安史之乱"当头一棒把所谓的盛唐打回原形，曾经英明神武的唐玄宗狼狈逃往四川，太子李亨在宁夏灵武草草继位，是为唐肃宗。之前不得重用的杜甫本以为有了出头之日，兴冲冲前往投奔新皇帝。很不幸，可怜的爱国者在路上遭遇叛军，成了倒霉蛋，被押解到长安，一关便是大半年。他的郁闷可想而知。

　　在此前后，杜甫还写过"遥怜小儿女，未解忆长安"（《月夜》）、"寄书长不达，况乃未休兵"（《月夜忆舍弟》）。不论是牵挂妻子儿女，还是惦记四个弟弟，着急窝火的老杜悲的是国家之乱，急的是家人安危。兵荒马乱之际，平安二字显得弥足珍贵。战争打破了原本的安宁，让颠沛流离成为日常。多事之秋，家书书写的是一个又一个鲜活的生命，一声又一声殷切的呼唤。

次年四月，杜甫涉险逃出长安，来到凤翔唐军大营。惊魂未定的他却踌躇了："自寄一封书，今已十月后。反畏消息来，寸心亦何有！"（《述怀》）。上次寄出家信，到现在已经 10 个月了。家里情况究竟如何？这倒让人联想起那句著名的西谚：No news is good news. 是啊，这年月噩耗不绝，如果真有什么坏消息来了，希望便沦为绝望了。可是消息不来，又禁不住日思夜想。左也不是，右也不是，杜甫心中空落落的。

宋之问应该能够理解杜甫。

渡 汉 江

唐　宋之问

岭外音书断，经冬复历春。
近乡情更怯，不敢问来人。

这个有才无德的小人因为攀附武氏一党，被中宗皇帝流放岭南。一季冬春过后，原本生无所恋的家伙竟然冒险逃往洛阳。舟行汉江之时，愈近家乡的宋之问却愈发恐惧起来。他害怕因为自己的牵累，家人遭遇不幸。他不敢接受家徒四壁、人去楼空的凄凉。他的脚步快走如飞，思绪却踟蹰不前。

原来，再卑鄙的灵魂也有难以割舍的儿女情长。断绝的音信，怯生生的心思，这一刻的小人宋之问值不值得我们同情?

除了叫"书"之外,写在木片上的信称"尺牍",写在竹片上的信称"简书",写在丝绢上的信称"尺素",而写在纸上的信还有一个更书卷气的称呼:"笺"。

所谓尺牍,即一尺长短的木简,又称信札。札,也是写信用的小木片,所谓"一札十行,细书成文"。

古诗十九首·孟冬寒气至

孟冬寒气至,北风何惨栗。

愁多知夜长,仰观众星列。

三五明月满,四五蟾兔缺。

客从远方来,遗我一书札。

上言长相思,下言久离别。

置书怀袖中,三岁字不灭。

一心抱区区,惧君不识察。

孟冬,冬季的第一个月,即农历十月。刚一入冬便寒气逼人,朔风凛冽。这样的夜晚,比冰冷更熬人的是无边无际的思念。从十五的月满守到二十的月缺,已经不知循环往复了多少次,今夜不过是降温下的寂寞复制罢了。一封远方爱人的书札才是痴情女子孤枕难眠的全部慰藉。

别怨长辈们数落年轻人"没文化,真可怕"。听听那些所谓金曲"High歌"吧:"死了都要爱,不淋漓尽致不痛快,感情多深只有这样才足够表白……"当寻死觅活被挂在嘴边当作表白的单据，这是感情的悲哀，还是文化的苍白？

你看老祖宗们的信笺，千言万语尽述两个主题：长相思，久离别。多年来，这封信时刻带在身上，常见常新，里面的话早已烂熟于心。而自己的离愁别绪同样不是挂在嘴边："一心抱区区，惧君不识察。"这份拳拳（区区）之爱不需要歇斯底里的张扬，要的只是远方爱人能够心有灵犀。

南朝文艺理论家刘勰说《古诗十九首》是"五言之冠冕"，其言不谬。

手　札

如果说女子袖中的尺牍字字含情、相思成豆，那么书法家的手札便是风流倜傥、美不胜收了。

"羲之顿首，快雪时晴，佳想安善。未果，为结，力不次。王羲之顿首。山阴张侯。"

这封仅 28 个字的手札是东晋书圣王羲之写给山阴张姓侯爷的一封问候信。雪后初晴，王羲之问候对方：你那里一切都好吧？但是上次的一件什么事情（或是一次聚会）因故未能参与，郁闷至今。送信的家人不能多停留，于是他匆匆搁笔，再次顿首致敬。

除了寒暄，几乎没有一点实质内容。甚至可能是王羲之随手抓起几案上的一方纸片，寥寥几笔完成的一张便条。

这封手札的价值不在内容，而在书法的精妙绝伦。于闲适安逸之间，王羲之笔走龙蛇，完成了这幅所谓的"天

王羲之《快雪时晴帖》

下法书第一"。在后世最著名的业余书法爱好者乾隆皇帝的三希堂中，这封《快雪时晴帖》名列首位。

王羲之传世的名作中一大半都是手札：

《奉橘帖》仅12字："奉橘三百枚，霜未降，未可多得。"送给朋友300枚橘子，还特别解释，因为没到霜降，所以没能多摘。

《初月帖》："初月十二日山阴羲之报：近欲遣此书，停行无人，不办。遣信昨至此。且得去月十六日书，虽远为慰。过嘱，卿佳不？吾诸患殊劣殊劣！方涉道，忧悴。力不具。羲之报。"初月即正月，王羲之告诉朋友，近期一直想写这封信，但因没有邮差，没法寄信（所以耽搁到现在）。昨天到达这里，今天一早收到上月十六日您的来信，即使相隔遥远，但也十分感激。冒昧地再次嘱托您，近来还好吧？我却突然生病，身体非常非常的糟糕。刚刚踏上路程，身心憔悴，就写到这里吧。

《服食帖》："吾服食久，犹为劣劣。大都比之年时，为复可可。足下保爱为上，临书，但有惆怅。"有嗑药习惯的王羲之告诉朋友，他服用五石散虽久，功效不怎么理想，但是比起往年来，还是差强人意。您自己多多保重。写这封信时，心情不好，有点儿莫名惆怅。

如此云云。

从这些鸡毛蒜皮般的念叨中，我们读到的是一份云淡风轻的安逸，甚至是闲极无聊的没话找话，但偏偏是这样的情绪成就了王羲之的铁画银钩。千万别跟唐太宗似的恨不得把王羲之的作品全带进棺材，也别学乾隆皇帝在王羲之的真迹上到处乱点赞。人家的魏晋风度，咱们学不来。信手拈来，这是书圣的境界。至于我们，膜拜就好。

与 妻 书

关于书信，还有一个有趣的名字——"函"。或者更准确地说，函指的是信封。

最早的信封是用两片木板做成的，一底一盖，底板有槽，可供写字，写完后盖上盖板，加封传送。因为这种信封像盒子，所以被称为"函"。曾经这种信封被雕成鲤鱼的形状，又得名：双鲤。

饮马长城窟行

青青河畔草，绵绵思远道。
远道不可思，宿昔梦见之。
梦见在我傍，忽觉在他乡。
他乡各异县，展转不相见。
枯桑知天风，海水知天寒。
入门各自媚，谁肯相为言！
客从远方来，遗我双鲤鱼。
呼儿烹鲤鱼，中有尺素书。
长跪读素书，其中意何如？
上言加餐饭，下言长相忆。

这个诗题其实与内容无关。秦汉之时为抵御北方少数民族的侵扰，中原王朝不断增兵修筑长城。城下有泉窟，供过往士卒和马匹饮用。"饮马长城窟"便成为从军远戍的指代，同时也逐渐形成汉乐府的一种格式和主题。当然，本篇说的不是饮马长城的士卒，而是思妇对饮马长城的夫君的思念。从梦中思念到远客送信，这首乐府最打动人的是关于书信的桥段。

"客从远方来，遗我双鲤鱼。呼儿烹鲤鱼，中有尺素书。"因为思念之切，所以接到远客捎来的书信时，女主人才如此活泼欢快。想来也对，双鲤函中盛放的何尝不是她的精神食粮？叫来仆人赶紧打开信函，妇人直起身子恭恭敬敬地细读丈夫的书信。

"加餐饭""长相忆"，没有那些甜得发腻的爱啊情的，这才是多年夫妻之间最真切的对话。一封家书，丈夫上及妻，下及己。于妻，劝她注意饮食保重身体；于己，则是不尽的对家人的思念。但是妻子最关心的归期仍旧渺渺无定，不知如何回答。故而女子只能是欢乐与悲伤并存，希望与失望交织。

寄外征衣

唐　陈玉兰

夫戍边关妾在吴，西风吹妾妾忧夫。
一行书信千行泪，寒到君边衣到无？

据说这是晚唐诗人王驾戍边之时，妻子陈玉兰写给他的家信，也有人说其实这是王驾借其妻之口写下的诗作。这个问题让学究们去考证吧，我更关注这封书信的本身。

与其说是一封家信，不如说这是一件日思夜想精心编织的冬衣。正是因为日日思君，这封书信才写得构思巧妙，语断意连。整首诗词句质朴，意思明了，却于句法上暗藏机关：每句都包含两层相对或相关的意思。同时"妾""行""到"等复字的运用使诗意扣人心弦，读来更是朗朗上口。

念夫（相隔万里）—忧夫（西风劲吹）—修书（满纸涕泪）—挂念（寒衣到否），妻子的思念与寒衣仿佛在跟严冬赛跑，她必须跑过时间，跑赢牵挂。

驿　　使

妻子的担心不是没有缘由。信写好了，传递就得靠"邮"了。"邮，境上行书舍。"邮，指的就是古代边陲地区送信的机构。当然，官方的叫驿站。驿，置骑也，就是送递官方文书的马和车。

汉朝之前，送信主要靠马车，称为邮，分急行文书和普通文书。近距离书信传递，为"步传"，就是步行送信。汉朝以后长途为驿，骑马传递；近距离为邮，步行传递。

需要说明的是，驿站不是现在满街随处可见的快递接收站，而是官方的住宿设施，开始只接待信使和驿卒，供他们送信途中休息、吃饭、换马。后来发展为接待过往官员食宿的场所，就成了政府的招待所。

如同现在高速公路的服务区，一般官道上每隔 20 里有一个驿站，视情况急缓程度，以每天 300 里、400 里、600 里，最高达到 800 里的速度传递，即所谓的六百里加急、八百里加急。一般八百里加急的信件，信使根本没有空闲喘息，普通驿站不停，到了大驿站直接换马，不可耽搁片刻。有时实在受不了，驿站直接有新的信使接过信件，接力传递。

过华清宫（其一）

唐 杜牧

长安回望绣成堆，山顶千门次第开。

一骑红尘妃子笑，无人知是荔枝来。

杜牧的咏史诗向来视角独特。宛若音乐 MV 的画面徐徐展开，我们看到骊山脚下烟尘滚滚一骑飞驰，骊山顶上华清宫千重宫门依次打开，划过杨贵妃的如花笑靥，镜头最终定格在一筐正在走向腐败的荔枝。南方八百里加急日夜兼程接力运送的，不过是荔枝！为了这"妃子笑"，不知多少马匹多少驿卒仆倒在大唐的官道上。大唐也如那筐荔枝，迅速失水、腐败、霉变……

野史里总说骊山风水不好，从周幽王到秦始皇，再到唐玄宗，似乎都因为留恋此地而霉运上身。果真如此吗？

周幽王导演"烽火戏诸侯"的动机不也是为了褒姒的"妃子笑"吗？哪里有什么宿命，不过是疯狂的天子们为自己的荒唐埋单罢了。

寻　常

秋　思

唐　张籍

洛阳城里见秋风，欲作家书意万重。
复恐匆匆说不尽，行人临发又开封。

秋风起时，客居洛阳的张籍如思鲈的张翰一样，起了思乡之意。情思万缕，却不知道怎样完成这封信，所以他干脆跳过写信的环节，直接切换至寄信之时。借助一个生活片断——寄家书时的思想活动和行为细节，细腻地还原了当时他内心的真实感受。正因为意万重，千言万语，唯恐漏掉一句，才有了拆了又封封了又拆的踌躇。面对如此朴素真实的讲述，读诗的我们也感觉触手可及。难怪后世的王安石评价说，"看似寻常最奇崛，成如容易却艰辛。"（《题张司业诗》）好文字之所以走心，全在作者对人生极其熟练地复刻、解构、再现，然后便是那一剑封喉般的顺理成章。

"人人胸中有，他人笔下无。"边塞诗人岑参也有这样一封流传千古的信。

逢入京使

唐　岑参

故园东望路漫漫，双袖龙钟泪不干。

马上相逢无纸笔，凭君传语报平安。

　　34 岁那年，岑参第一次远赴西域，前往安西（今新疆库车县）去做安西节度使高仙芝的幕府书记。一路西行，恰好遇上回京述职的老朋友，回首东望远在长安的家园，乡愁瞬间击垮了岑参"功名只向马上取"的勃勃雄心，忍不住泪湿双袖。

　　这时，岑参也捕捉到了一个经典细节：马上相逢，无纸无笔，哪里容得了你啰唆。好吧，那就匆匆一拱手，烦劳兄长替我给家里捎去"平安"二字。心头所想、口里要说的千言万语，其实就是这两个再平常不过的祝福。在平易之中尽显无限意涵，所以岑参在马上的这个 Pose（姿势）深入人心，成为经典。

　　岑参给家人捎去了最短的口信，而陆凯寄往陇西的，可能是最美信函了。

赠　范　晔

南北朝　陆凯

折花逢驿使，寄与陇头人。

江南无所有，聊赠一枝春。

　　据说这个陆凯与南朝刘宋著名史学家、《后汉书》的作者范晔交好。虽然当时南朝、北朝隔江对峙，但是并不妨碍二人做笔友。这次陆凯寄给老友的信非常特别，是一枝江南报春的梅花。

　　有心的诗友会发现，关于这首诗或者说这封信，其实存在一个很大的 Bug（漏洞）：范晔是南朝刘宋的官员，与他交好的陆凯是北魏的高官。而这封信的内容却是陆凯折了江南的梅花赠给陇头的范晔。难道他俩交换场地了？

　　而从两人的履历看，他们都不曾易地为官。所以有人猜测，或许应该是范晔写给陆凯的信？

　　更有细心的诗友查阅了二人的生卒年，更叫人大跌眼镜：范晔生于 398 年，卒于 445 年；陆凯生年不详，卒年约是 504 年。这样看来，两人算是隔代，几乎没有交往的可能。难道这个陆凯另有其人？我们不得而知。

　　既然是读诗，而不是考古，那么我更看重诗的本身。料峭时节，一枝梅花寄至陇头，这是春天的问候。政治的对峙阻隔不了心灵的沟通。梅花穿越南北边界来到陇西，表达了朋友对相聚时刻的期盼，更蕴含着深切的思念和良好的祝愿。"一枝春"后来不仅成为梅花的代称，更成为一个著名的词牌名。在新词旧曲的反复吟咏间，这枝梅花不朽了。

　　不要以作文老师的苛刻眼光来审视书信，每一封情真意切的信里总是颠来倒去写满了思念和牵挂，甚至啰唆重复。别奇怪，相思如麻，离人岁岁念着的，就是这碎碎的思念。

书法：不仅仅是写字

总有人把书法等同于写得一手看上去不错的汉字。如果是这样，书法便只是匠人手里熟能生巧的技术，而不可能升华成大师胸中内化于心、外化于形的书道了。

一场派对

提到书法，头号大 IP（知识财产）一定是王羲之和他的《兰亭序》。王羲之因为酒后一幅即兴创作的行书作品在书法史上登顶封神，而当天的兰亭"派对"却少人问津。

那天，他们其实举办了一场赛诗会。

高中语文课本要求大家背诵："永和九年，岁在癸丑，暮春之初，会于会稽山阴之兰亭，修禊事也……"公元353

年农历三月初三，东晋会稽内史、右军将军王羲之在会稽山阴（今浙江绍兴）的兰亭举办了一场非正式的野餐酒会。应邀出席的都是当时东晋政坛的头面人物：谢安、谢万、孙绰、孙统、庾蕴、郗昙等。当然王家人最多，王羲之叫来自己的 6 个儿子，包括最小的王献之，当时才 9 岁，一共 42 人。正所谓"群贤毕至，少长咸集"。

文人聚餐不能干喝酒的，玩了个游戏：流觞曲水。当时他们不是像现代人那样围坐八仙桌，而是沿着蜿蜒的溪水列坐。有人在溪水上游将盛着酒的觞（底部有托的酒杯）放入水中。酒杯顺流而下，停到谁的面前，谁就要把酒杯捞起一饮而尽，并且即兴作诗一首，如果作不出诗，便要罚酒三杯。

游戏结束，有 11 个人各作诗 2 首，15 人各作诗 1 首，16 人交白卷喝了罚酒。这 37 首诗后来合编为《兰亭诗集》。

> 代谢鳞次，忽焉以周。
> 欣此暮春，和气载柔。
> 咏彼舞雩，异世同流。
> 乃携齐契，散怀一丘。

这是王羲之现场作的两首诗中的一首。读惯了唐诗宋词的我们发现，相比书法，书圣的诗实在一般，也不及他为诗集写的《兰亭序》。至于其他人的诗作，内容和感情基本都跟这首诗大同小异。魏晋名士崇尚清谈，露天"派对"上的即兴赋诗更是言之无物，无病呻吟。如果不是王羲之半醉时一气呵成的神来之笔，很难说这次派对能够青史留名。

惊世之作就在眼花耳热之后，恣肆汪洋的笔走龙蛇间完成了，包括中间多处随性的涂改，一切都是那样自然。以至于酒醒之后，王羲之想认认真真、工工整整再写几幅，却怎么也达不到先前的水准。原因很简单，他可以心到，可以手到，可是兴致却到不了那天聚会时酒喝High（高）了的燃点。

400多年后，有人写诗赞叹唐朝草书大家怀素："醉来信手两三行，醒后却书书不得。"想来王羲之创作《兰亭序》时，就是这样的感觉吧。

老话常说："唐诗晋字汉文章。"两晋的文化Logo（标志）就是书法。那帮名士的清逸疏淡注定只能借助鼠须笔、蚕茧纸在横竖撇捺间挥洒自我。单论文章，《兰亭序》距离《滕王阁序》《岳阳楼记》《醉翁亭记》等同类型雄文，还有不小的差距。可是，王羲之硬是凭着一手绝世行书，让这篇文章跻身千古名篇行列。

有人赞叹《兰亭序》，有人临摹《兰亭序》，还有唐太宗这样的"霸道总裁"，直接把《兰亭序》的真迹带进了棺材。于是后人只能在各类二手三手的摹本、集字碑上去捡拾《兰亭序》的神韵了。

一碗韭花

跋杨凝式帖后

北宋　黄庭坚

世人尽学兰亭面，欲换凡骨无金丹。

谁知洛阳杨风子，下笔便到乌丝栏。

业内人士黄庭坚在观摩历代临习王羲之碑帖的作品后，总结说：都想学《兰亭序》，都想得到王羲之笔法的真传，我看来看去，都是学些皮毛，只有洛阳的杨风（疯）子掌握了书圣技法的精髓。

杨疯子，即唐末五代时期著名书法家杨凝式。身处乱世，杨凝式故意行事疯癫，这样反倒保全了自我，一生经历唐末、后梁、后唐、后晋、后汉和后周六朝，82岁寿终正寝。

杨凝式在官场疯癫，在书法上则是狂癫。每到一处寺庙，如同粉刷匠进场，满墙满院地题诗写字，当时洛阳各大寺庙内都能见到他的墨迹。时人评价："少卿真迹满僧居，只恐钟王也不如。"杨凝式官居太子太保，所以称少师或少卿。钟是曹魏书法大家钟繇，王就是王羲之。这句话是说，杨凝式的书法布满寺庙院墙，精美绝伦，就是钟繇、王羲之在世恐怕也比不过他。

行家黄庭坚在欣赏完杨凝式位列"天下第五行书"的《韭花帖》后，发出了上面的感慨。杨疯子的书法究竟好在哪里？

好的艺术作品从来都是充满烟火气的。那天午睡醒来，杨凝式感觉有些饥饿（估计午饭吃得不尽兴）。恰好有朋友送来一盘韭菜花炒羊肉，杨凝式满心欢喜地享受了一顿美味佳肴。高兴之余，他提笔给这位善解人意的朋友写了一封 60 余字的便条，表示感谢。

就是这样一张平常而又随意的便笺，让杨凝式名垂青史。黄庭坚称赞他"下笔便到乌丝栏"，指的就是这幅作品写出了王羲之《兰亭序》的笔意。乌丝栏，原指古代绢帛上用墨笔画出来的界栏，后来就代指有墨线格子的笺纸。

这幅《韭花帖》被誉为"五代兰亭"。杨凝式用笔精致委婉，于平和中寄以异态，行楷交融，牵丝萦带自然生动，于闲适淡雅中追摹了王羲之的遗踪。

王羲之的很多传世佳作都是随手涂抹的便笺，比如《快雪时晴帖》《奉橘帖》《初月帖》等。一件小事，寥寥数语，信手写来，精彩立见。《韭花帖》同样是杨凝式在最放松的时刻完成的一幅最自然的作品。从笔法到章法，从字形到取势，他的字里满满都是王羲之的味儿。

一枚印章

戏赠米元章（其二）
北宋　黄庭坚

我有元晖古印章，印刓（wán）不肯与诸郎。
虎儿笔力能扛鼎，教字元晖继阿章。

黄庭坚和米芾（字元章）都是北宋书坛响当当的"宋四家"。传说黄庭坚收藏有一方刻着"元晖"二字的珍贵古印章，任凭一帮书法爱好者如何跟他"套磁"，他都不肯将这款宝贝轻易示人。

米芾的长子虎儿秉承父亲绝好的书画基因，学书异常刻苦。黄庭坚发现这个孩子天资聪慧，笔力雄健，十分喜欢，便将这方印章赠给虎儿，建议他的表字就叫元晖，并勉励他努力钻研书道，将来继承并超过父亲米元章。多年之后，虎儿终成大器，成为南宋书画名家，他就是米友仁（字元晖）。

与其说黄庭坚眼光独到，不如说他教育有方。他看出虎儿天赋异禀，在书法方面是可造之才。"元晖"印章在别人手上，不过是玩物一枚，而在虎儿手上，则成为他苦练笔力的鞭策。当虎儿长成米元晖，凭借作品名扬四方，和父亲并称"大小米"之时，黄庭坚的印章教育法奏效了。

书法史上父子书家不少，比如王羲之和王献之。王羲之的七个儿子除长子早夭外，书法都相当了得，但成就最高的是幺儿王献之。

相传王献之天资聪颖，书法技艺上进步神速。一天，他拿着一堆作业问父亲，自己还要练多久，就可以扬名立万了。王羲之没有说话，一张一张翻看儿子的字。在翻到一个"大"字时，王羲之停住了，顺手提笔在"大"字下方点了一点，成了"太"字。之后，他把作业还给了儿子。

王献之觉得奇怪，便把这些作业抱给母亲，让她看看自己跟父亲相比，还有多大差距。母亲郗氏也是书法行家。仔细看完儿子所有的作品后，母亲抽出那个"太"字，指着下面那一点说："吾儿写尽三缸水，唯有一点似羲之。"言下之意，你练了这么长时间，只有这一点写出了你父亲的神韵。

王献之瞬间秒懂：原来自己跟父亲还有十万八千里的距离。接下来要做的，只有勤学苦练。

王羲之的那一点点醒了沾沾自喜的王献之，点拨了绝顶聪明的小神童，点明了一代书家今后的努力方向。南北朝时期，"比世皆尚子敬（王献之的字）书"，王献之在书坛的影响力甚至超过了父亲。直到唐初，因为唐太宗是王羲之的"死忠粉"，极力褒扬其父贬抑其子，才使得小王不及大王的名气。

但是对于王羲之而言，能够培养出一个与自己比肩，甚至某些方面超越自己的儿子，这才是一个书家，不，一个父亲最欣慰的事。

一幅挂轴

"宋四家"之一的米芾便是师法王献之。虽然米芾父子也是令人羡慕的父子书家，但是得米芾笔意真传的，并不是米友仁。当时研习米芾字体的粉丝极多，有一位毕生研习米书，深得米芾书法的精髓，字迹极似米芾，人称"米南宫外一步不窥"，他叫吴琚。

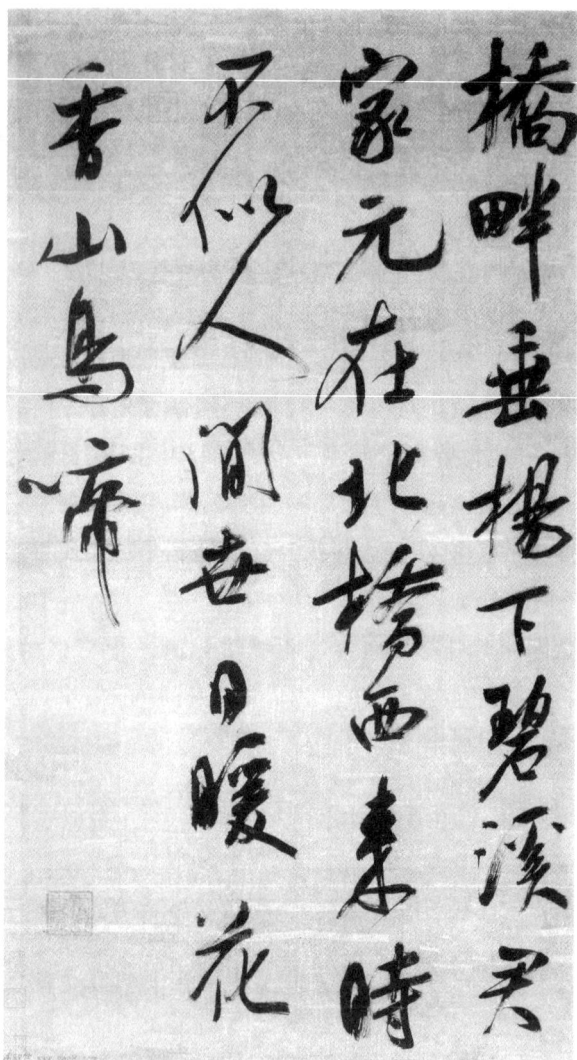

吴琚书《访陈处士》

　　除了京口（今江苏镇江）北固山上"天下第一江山"的墨迹之外，吴琚最著名的作品当属《访陈处士》：

　　　　桥畔垂柳下碧溪，君家元在北桥西。
　　　　来时不似人间世，日暖花香山鸟啼。

　　这幅珍藏于台北故宫博物院的作品高 98.6 厘米、宽55.3 厘米，是目前所见年代最早的挂轴书法作品。在这幅吴琚唯一存世的挂轴作品中，笔势快速强劲，结字紧密，以倾侧取势，上下字相互萦带，颇能体现米芾行书的特色。

　　抛开书法，单就诗句而言，清新自然，语意明了。但是这首诗的版权不属于吴琚，而属另一位书法家蔡襄。蔡襄诗的原句应为：

　　　　桥畔修篁下碧溪，君家元在此桥西。
　　　　来时不似人间世，日暖花香山鸟啼。

　　有趣的是，蔡襄也是"宋四家"之一，书法在北宋极为著名，而且他是苏轼、黄庭坚和米芾三人的前辈。这首诗是蔡襄在家乡福建仙游蔡坑的青泽桥，拜访老友陈处士不遇时写下的诗作：小桥、修篁、碧溪，好似人间仙境，日暖、花香、鸟啼，让人如坐春风。

　　相比众多宋诗佳作，这首作品并不惹眼，以至于蔡襄在世时未能流传开来。大约又过了百十年光景，北宋变成南宋，后辈书家吴琚对诗句稍作改动后誊抄下来，因字而红，竟然传世八百余载——好诗好书法好作品终会流芳百世。

一组碑刻

全国一共有 7 座纪念蜀汉名臣诸葛亮的武侯祠，著名的当属成都武侯祠、南阳武侯祠。去这两处武侯祠参观时，必不可少的一个项目便是瞻仰前后《出师表》的石刻。

诸葛亮是寂寞的。从《前出师表》的"兴复汉室，还于旧都"到《后出师表》的"汉贼不两立，王业不偏安"，他的政治抱负如同一柄高悬头顶的达摩克利斯之剑，催逼着他"知其不可而为之"。不可否认，六出祁山属于穷兵黩武的无奈之举，但是诸葛亮的鞠躬尽瘁却在这场飞蛾投火式的慷慨大剧中光芒四射，闪耀着理想主义的璀璨光辉。

南宋高宗绍兴八年（1138 年）八月十四，35 岁的岳飞领兵路过河南南阳，来到当地的武侯祠拜谒。适逢大雨，当晚他便住在祠中。入夜时分，岳飞在大殿中秉烛观看历代缅怀诸葛亮的诗词文章，心潮澎湃。特别是读到诸葛亮的前后《出师表》时，岳飞泪如雨下，夜不能寐。次日清晨，祠内道士备上纸笔，请大帅题词留念。岳飞没有推脱，提笔在手，稍加思索，和着昨夜难平的思绪，一口气默写出了出师二表。

与其说岳飞在致敬诸葛亮的鞠躬尽瘁，不如说他是在书写自己的精忠报国。从开篇的行楷到越来越迅疾的行草，岳飞在纸上纵横驰骋。他以墨为马，左冲右突；化笔为剑，劈砍挑刺，于龙飞凤舞壮怀激烈间，涕泪横流。一番酣畅淋漓的书写过后，岳飞"稍舒胸中抑郁耳"。

小 重 山
南宋 岳飞

昨夜寒蛩不住鸣。惊回千里梦，已三更。起来独自绕阶行。人悄悄，帘外月胧明。

白首为功名。旧山松竹老，阻归程。欲将心事付瑶琴。知音少，弦断有谁听？

岳飞同样是寂寞的。梦回中原，三更独行，月夜的他凄凉无助。他渴望建功立业，收复失地。可是在朝廷上下一片议和之声中，他的努力成了一个人的战斗。他的忠心、他的苦闷，无处倾诉，哪怕琴弦断了，一样没有知音。想来那一刻他已经预感到前途凶险，但是对于一个理想主义者来说，死于理想或许才是他最好的结局。于是岳飞继续决绝前行，他的前方，海雨天风。

两个赤胆忠心的孤臣，一对壮志难酬的英雄，通过前后《出师表》的石刻进行隔空交流。在这 21 块石碑上，他们一起刻下了"英风浩气"。

一块牌匾

尽管书法在唐以后，只剩继承，没有创新，但是两宋年间我们看到，上至皇帝，有擅长飞白体的太宗、书画双绝的徽宗，下有"苏黄米蔡"四大家，就连奸臣蔡京、秦桧，随便一出手都是不世出的书法大家。这是一个怎样的书法时代！令人心驰神往的，不仅是那些书坛圣手的绝世墨宝，更有被翰墨书香浸润的文人气质和君子做派。在书法的世界里，连皇帝都会蜕变成自知自觉、不敢造次的小学生。

绍兴十一年（1141 年）的一天，宋高宗赵构经过临安附近的一处叫作九里松的景点。发现一块题有"九里松"的牌匾，字迹娟秀大雅，如春风着纸，运笔之间有唐朝虞世南、本朝黄庭坚的神貌。一看落款，原来是当时的书法名家吴说（此人名气不大，但是他外婆的姐夫大名鼎鼎，叫王安石）。这时，边上的地方官员很会拍马，请皇帝御笔题写匾额。赵构高兴地答应了，回去提笔一写，才发现简单的"九里松"三字并不简单，反复写了 10 多幅，总觉得不及吴说的好。只是底下人一味地称赞，赵构便随便挑了一幅让人制匾去了。

此后，赵构每每经过九里松，都会停下来看看自己的那幅字，越看越觉得不及原来吴说的书法。"九里松"成了他的一个心结。三年后，吴说赴信州任职。临行前照例向高宗辞行。皇上对他说："'九里松'是你写的吧？朕反复写了很多遍，看来看去，终究不如你那块。"之后便下令重新换回吴说书写的那块牌匾。

那一刻，书法家赵构对文化充满了敬畏与重视。

虽然年代久远，今天我们再去杭州九里松，已经见不到高宗赵构那块御笔亲题的匾额，更无缘欣赏书法名家吴说那 3 个令皇帝纠结 3 年的大字，但是这个故事足以让我们感受到书法之于人格锻造的巨大作用。

2019 年 1 月 16 日至 2 月 24 日，号称"天下第二行书"的国宝级书法作品颜真卿《祭侄文稿》在日本东京国立博物馆展出。42 天里，近 20 万观众前往参观，其中中国游客约 5 万，不少人还是"漂洋过海来看你"。据参观者介绍，他们排了至少 1 个小时的长队才得以进场参观，而看展时间只有 5 分钟。尽管如此，所有参观者都看得如痴如醉，大呼过瘾。

当无纸化操作越来越方便我们的工作生活，当书法日益成为一门观赏性大于实用性的艺术，当我们日常提笔写字的机会越来越少之时，《祭侄文稿》仍旧实现了万人争睹的盛况，实属不易。或许很多人不一定可以认全义稿的内容，也不一定可以准确理解笔画、结构、章法之妙，外国参观者甚至完全不认识汉字，但是颜体行书的"气格之美"征服了每一位观者。

小说《侠客行》里，目不识丁的石破天从书法石刻《侠客行》的笔画里参破了绝世神功"太玄经"的玄机。东京国立博物馆里络绎不绝的参观者，是看到了颜杲卿颜季明父子的鲜血，听到了颜真卿的痛哭，还是感受到了来自中古时代的凛然正气？

心绪篇

暑气:"热"诗"热"词

当年读《水浒传》中"智取生辰纲"一段,我愣是"热"得开了一听冰可乐——因为白日鼠白胜在黄泥冈上唱了一首山歌:

赤日炎炎似火烧,野田禾稻半枯焦。
农夫心内如汤煮,公子王孙把扇摇。

一句"赤日炎炎似火烧",7个字中有6团火,外加一个烈焰飞腾的日头,典型的高温酷暑,但这还不是最要命的。四下禾稻枯焦,眼看这一季的庄稼没了指望,对农夫来说,比汗如雨下更难熬的,是心似油烹。冰火总有两重天。亭台楼阁中的公子王孙对酷暑是无感的。他们手里的洒金折扇不过是点缀风雅的玩意儿，间或摇上一摇，给那个无聊的午后多秀几个造作的 Pose（姿势）罢了。

食　冰

荔　枝　歌
南宋　杨万里

粤犬吠雪非差事，粤人语冰夏虫似。

北人冰雪作生涯，冰雪一窖活一家。

帝城六月日卓午，市人如炊汗如雨。

卖冰一声隔水来，行人未吃心眼开。

甘霜甜雪如压蔗，年年窖子南山下。

去年藏冰减工夫，山鬼失守嬉西湖。

北风一夜动地恶，尽吹北冰作南雹。

飞来岭外荔枝梢，绛衣朱裳红锦包。

三危露珠冻寒泚（cǐ），火伞烧林不成水。

北人藏冰天夺之，却与南人销暑气。

有诗为证，没有空调的宋朝可以吃到冰凉爽口的冷饮了。我们好奇的是，宋人从哪里弄来的冰？

我们的祖先最善于就地取材，为我所用。相传唐朝时，每年隆冬时节，长安北郊的渭河会上冻结冰，于是大户人家便派人去河面凿开一尺来厚的方形冰凌，存到自家的地窖里。冰的贮存极为讲究，底部铺上厚厚的柴草，上面用泥土封顶，四周用木桩固定。如此严实的包装确保冰块不会轻易融化。待到35℃以上的高温天，取出冰块放到房间里，直接就是天然的空调了。

五代时候的王仁裕在他的《开元天宝遗事》中有这样一段记载：唐玄宗时，宰相杨国忠的儿子们到了三伏天，便取出家里的冰块，命工匠雕刻成冰山，放在客厅里。既当摆设，又做空调了。不知道是真的降温效果好，还是心理作用，这帮客人们在喝酒过程中竟感到越来越冷，不得不借杨家的丝绵裹到身上。

杨家的少爷们还命工匠把冰块雕成各种动物形状，拴上金环彩带，作为礼物来交结王公大臣。伏天送冰，杨家的土豪和嘚瑟可见一斑。

唐朝时，享受冰块是达官显贵的特权。到了宋朝，由于科技的发展，人工制冰已经相当先进。在生产火药的同时，人们开采出了硝石。而将硝石溶于水中，就能吸收热量，迅速降温的水便结成了冰。所以杨万里才说："北人冰雪作生涯，冰雪一窖活一家。"

在名画《清明上河图》上，我们就能找到"香饮子"字样的广告牌。冰雪凉水、荔枝膏、甘豆汤、椰子酒、木瓜汁、雪泡梅花酒、乳糖真雪……这些活色生香的名字足以叫人满口生津，遍体清凉。活在宋朝的古人真是幸福，冷饮的种类丝毫不逊现在。

"帝城六月日卓午，市人如炊汗如雨。卖冰一声隔水来，行人未吃心眼开。"这四句诗写得极具画面感：阴历六

北宋张择端《清明上河图》局部

月的中午，临安街头热浪滚滚，行人如同在后厨烧菜、在桑拿汗蒸一般。突然一声清亮的吆喝声划破闷热："卖荔枝冰啰!"这嗓音沾着冰块，润着水花，裹着蜜糖，穿街过巷，直抵每一颗备受暑热熏蒸的心。所有人不约而同停下手中的活计，无数双眼睛齐刷刷射向荔枝摊——夏日的美好时光从一碗荔枝冰开始了。

当然，冷饮虽好，也不能贪吃哦。宋徽宗、宋高宗、宋孝宗这几位皇帝都曾因贪食冷饮导致腹泻腹痛。高宗赵构甚至不顾 81 岁的高龄，夏天猛吃冷饮，入秋后患上风痰。而御医在具体治疗方法上误用泻药，最终使赵构"泻动真气"，一命归西。

追 凉

杨万里似乎对夏天格外青睐。从《小池》中露角尖尖的小荷，到《晓山净慈寺送林子方》中接天碧莲、映日红荷，他着意捕捉属于夏天的每一个精彩瞬间。再比如《闲居初夏午睡起二首》：

其一

梅子留酸软齿牙，芭蕉分绿与窗纱。
日长睡起无情思，闲看儿童捉柳花。

其二

松阴一架半弓苔，偶欲看书又懒开。

戏掬清泉洒蕉叶，儿童误认雨声来。

初夏是慵懒的，睡起无情思；初夏是闲适的，梅酸软齿牙；初夏又是明亮的，芭蕉分新绿；初夏更是充满童趣的，闲捉柳花忙。

午睡过后的大人无精打采，刚翻开书卷却又兴味索然。无聊中掬一捧清水洒浇芭蕉叶，不料却让叶子下嬉戏的孩子以为下雨，从而四散奔走。

与其说杨万里在记录夏天，不如说他在是享受暑趣。他让自己全身放松，四肢打开，带着初夏的微微汗意，发个呆，打个愣神。

当然，真到了三伏天，没有空调的杨万里也没了那份闲适，他得到处追凉。

新暑追凉
南宋 杨万里

去岁冲炎横大江，今年度暑卧筠阳。

满园无数好亭子，一夏不知何许凉。

待等老夫亲勘当，更招幽鸟细商量。

朝慵午倦谁相伴，猫枕桃笙苦竹床。

同样的亭院，一入三伏便没了景致。杨万里寻遍每一处角落，却发现都躲不了暑热，急得他想找鸟儿打听。早上没精神，中午爱打盹，他唯一离不开的就是一架竹床、一张桃竹席和一方猫枕。

这首七律记录的，其实就是我们每一人的三伏天模式。

夏夜追凉

南宋 杨万里

夜热依然午热同，开门小立月明中。
竹深树密虫鸣处，时有微凉不是风。

直到晚间，在屋内热得受不了的杨万里不得不推门站到门外，却发现：月华皎皎，竹林深深，树荫密密，虫鸣唧唧，于是这一刻凉意顿生。还好，他的脑袋没被热晕，他知道，这微凉不是夜风送爽。月光、竹林、树荫、虫鸣带给他的是夜深气清，心静之凉。

如同这微凉，杨万里在这首诗的创作上实现了"浅意深一层说，直意曲一层说"的目的，别有一番韵味。

于是，我开始翻阅杨万里的诗集，搜寻他在烈日下的风雅。

过金台天气顿热三首

南宋 杨万里

江云山翠借朝凉，晚日晴波挟暑光。
旧说长江无六月，暮春已自不禁当。

日晒船篷四面炊，几时却得出船时。
江西未到何须恨，且到三衢也自奇。

入到船中气郁蒸，出来船外日侵陵。

绿波欲沸清何在，青盖张来似不曾。

舟行江上，烈日当头，船篷被炙烤得像蒸笼，杨万里则如热锅上的蚂蚁，坐也不是站也不是。他站在船头连连感慨：不是说长江无六月吗？怎么刚刚暮春时节就热得让人无法抵挡？什么时候才能到江西啊？一江碧波如同一锅沸水，船头的遮阳青盖哪里起得了作用？

看来，高温酷暑下只有热度，没有风度了。

抱歉，我忘了还有李白。

夏日山中

唐 李白

懒摇白羽扇，裸袒青林中。

脱巾挂石壁，露顶洒松风。

敢在大白天脱个光膀子玩行为艺术的，只有李白了。山中无人，脱巾袒怀，松风徐来，自在逍遥。因为山林清幽，才能赤裸山中。既然天气炎热，无拘无束的李白连扇子都懒得摇一摇，直接脱个干净，从头到脚彻彻底底地享受这自然的"空调"。

想来有趣，当山间清风遇上杜甫会怎样？我猜杜子美会长叹一声："俯仰悲身世，溪风为飒然。"（《秦州杂诗》）老杜心思太重，总忘不了那点烦心事。所以，溪畔凉风也成了他倾诉的对象。

如果是王维呢？王摩诘又从竹里馆把那把宝贝琴给抱了出来："松风吹解带，山月照弹琴。"（《酬张少府》）王维总是风度翩翩的男神大叔范儿，连在山间乘凉都摆足了Pose（姿势），整得跟拍MV一样。

但是这次豁达畅快的松风遇上的，是豪放自得的李白，那便啥都不用说了，摘帽脱衣，找块青石躺下，这才是最爽的夏天。因为"爱听松风且高卧，飕飕吹尽炎氛过"（《答杜秀才五松见赠》）。

离　　世

最令人唏嘘的，是那些在酷热时节离世的生命。

当年郭沫若在《李白与杜甫》一书中确认，"诗圣"杜甫死于湖南耒阳，死因是酷热时食用变质的牛肉，导致食物中毒身亡。

对于诗圣的这样一种死法，我一直心有不甘。老杜的离去，怎么能是烈日当头呢？

还好，更多史料证明，杜甫并非逝世于耒阳。那年夏末，杜甫离开耒阳，回到潭州。再之后关于他的行踪记载便少之又少。而那首72句的长诗《风疾舟中，伏枕书怀三十六韵奉呈湖南亲友》或许可以看作是杜甫留给我们的最后一首作品。那年初冬，杜甫与家人乘舟从潭州前往岳阳，百病缠身的诗圣可能就是在湘江的一叶扁舟上与世长辞的。

两年前，杜甫再登岳阳楼，写下那首名作《登岳阳楼》。"亲朋无一字，老病有孤舟"一句也许就是今天的谶语吧。

　　而苏轼遭遇酷暑，实在是一种不幸。如果没有遇上这样的高温天，或许苏轼的人生不会就此终结，他的离世也不会如此痛苦。

　　北宋徽宗建中靖国元年（1101 年）的夏天，气温升到快要爆表。去年逢着新君继位大赦天下，苏轼得以从海南返回内地。年过花甲的他已身染瘴毒，加上交通不便，走了快一年时间，才到江浙地区。

　　在海南很少遇上这样的桑拿天气，苏轼在闷热的船舱里热到睡不着，便跑到舱外乘凉，同时还吃了许多冷饮。结果半夜便开始拉痢疾。休养了几天刚有好转，不料再次腹泻不止。在给好友米芾的信中，他介绍了这几天的情形："一吃东西就胀，不吃又觉得虚弱。整晚无法入睡，坐在那里喂蚊子。"

　　好容易到达常州，老友前来探望，苏轼的病情略有好转。不料两天后再度反复，一夜高烧不退，伴以牙龈出血。有一定医药知识的苏轼认定自己的病是热毒，应当服用清凉的药剂。于是开出人参、茯苓和麦门冬三味药，命家人去药铺抓来放到一起煮浓汁，自己渴时饮用。

　　聪明的苏轼这次对自己却是误诊。麦门冬虽属清凉，人参和茯苓却属温补之药，并且他是"胸胀热壅（yōng），牙血泛溢"，不宜服人参与麦门冬。于是，他的病情加重。

　　浙江余杭径山寺长老维琳，系苏轼 10 多年前任杭州知州时的老友，特意赶来常州探病。面对老友为自己诵经祈福，病入膏肓的东坡仍旧神志清醒，命长子苏迈取来纸笔，依着维琳长老赠诵偈语的原韵，写下这首《答径山琳长老》：

> 与君皆丙子，各已三万日。
> 一日一千偈，电往那容诘。
> 大患缘有身，无身则无疾。
> 平生笑罗什，神咒真浪出。

对人生，苏轼一直主张顺其自然，不相信任何不切实际的迷信与虚妄，所以临别之际，他从容淡定，参透死生：维琳长老，你我同庚，今年都是 65 岁，我已经很知足了。人这一生哪有不生病不遇灾的呢？

维琳长老默念"平生笑罗什，神咒真浪出"多遍，不解其意。东坡解释，后秦时来到中原的天竺高僧鸠摩罗什病危之时，口出二道神咒，叫他的天竺徒弟诵读禳解，结果并无效验，鸠摩逝世。

生死之际，苏轼这个俗家弟子显然比高僧鸠摩罗什有更通明的觉悟。早在黄州沙湖道中，东坡就已参透人生："谁怕？"任凭烈日暴雨，他都是"一蓑烟雨任平生"。历尽劫波，他的眼里早已是"也无风雨也无晴"。

两天后的 8 月 24 日，苏轼奄奄一息，长子苏迈将棉纸放到父亲鼻孔前。眼见气息将离，维琳长老凑近他的耳朵大呼："端明宜勿忘西方！"（现在你要尽力想来生，前往西天）游气复来，苏轼喃喃低语："西方不无，但个里著不得力。"（西方极乐世界时刻存在，却不是一时一刻穷尽全力所能到达的）一旁的好友钱世雄赶紧补上一句："固先生平时履践，至此更须著力。"（你平时信佛崇佛，这时更要用力去想）东坡挤出最后一丝笑容，微语道："著力即差。"（刻意勉强就错了）语罢即逝。

去年从海南北返渡海之时，苏轼曾写下《六月二十日夜渡海》：

> 参横斗转欲三更，苦雨终风也解晴。
> 云散月明谁点缀？天容海色本澄清。
> 空余鲁叟乘桴意，粗识轩辕奏乐声。
> 九死南荒吾不恨，兹游奇绝冠平生。

"苦雨终风"熬到了尽头，"云散月明"也还我"澄清"。我循着孔子"道不行，乘桴浮于海"的心志，方才听懂黄帝的琴音。南荒三载，九死一生。再往前回溯，官场四十载，时乖命蹇。那又如何呢？这多舛的命运甚至不值得东坡去恨去怨，权当是一场冠绝平生的奇妙旅行罢了。注意，这不是虚头巴脑的佛系，这是参透世事的从容。

两个月前在真州（今江苏仪征）金山龙游寺，苏轼已对自己的一生做了总结：

自题金山画像

> 心似已灰之木，身如不系之舟。

问汝平生功业，黄州惠州儋州。

回首漂泊无定的一生，苏轼圈注的却是黄州、惠州、儋州三个尴尬之地。高明啊。人的能力高低评判不在顺风顺水之间，而在山穷水尽之时；人生价值的衡量标准也不是玉堂金马，而是于人于己。正视难堪，直视挫折，审视人生，东坡圆满了。

悲秋伤春的诗多词多，冬雪连天一样引人入胜，似乎只有夏季让人热得没了兴致。

南宋的慧开禅师说：

春有百花秋有月，夏有凉风冬有雪，
若无闲事挂心头，便是人间好时节。

凉风是夏季的福音，也是人们在那个时段难得的情感出口。百花于春，明月于秋，大雪于冬，似乎都是锦上添花，只有凉风于夏，是雪中送炭。凉风起兮，暑气渐消。还是刘禹锡有心，给出了最准确的解读："暑退九霄净，秋澄万景清。"（《八月十五夜玩月》）

残梦：做个笔尖上的英雄

陆游擅诗，辛弃疾工词，他们的诗词气韵沉雄，照亮了那个孱弱的年代。我想，他俩心中一定藏着一个堂吉诃德式的盛世英雄梦。

胜　　利

公元 1161 年，金主完颜亮率 40 万大军南侵南宋。在采石（今安徽当涂北）遭遇 18000 名宋朝守军。当时宋军群龙无首，时任中书舍人、参谋军事的文官虞允文挺身而出，指挥若定，击败了 20 倍于己的金军。采石矶之战堪称南宋击败金国的一次漂亮的大胜仗。只可惜，仅此一次。

自打岳飞冤死，南宋能战之将皆心灰意冷，捷报、战功这些词语都已成遥远的前朝故事。采石矶大捷无疑点燃了无数文人心中尘封的旧梦。状元词人张孝祥在《水调歌头·闻采石矶战胜》里写道："湖海平生豪气，关塞如今风景，剪烛看吴钩。剩喜然犀处，骇浪与天浮。"他甚至将采石之役与赤壁之战、淝水之战相提并论，希望南宋军队乘胜追击，直捣黄龙，完成岳帅遗志。

书愤（其一）

南宋　陆游

早岁那知世事艰，中原北望气如山。
楼船夜雪瓜洲渡，铁马秋风大散关。
塞上长城空自许，镜中衰鬓已先斑。
出师一表真名世，千载谁堪伯仲间。

25 年后，61 岁的陆游回忆当年宋军大破金兵的战绩，写下了五首《书愤》，这是其中最著名的一首。而本诗，又以颔联两句"楼船夜雪瓜洲渡，铁马秋风大散关"最为抢眼。两句诗不着一个动词，仅用"楼船"和"铁马"，"夜雪"和"秋风"两两相对的意象，展现了瓜洲渡口和大散关前宋军抗金的猎猎军锋。除非亲历战阵，不能有如此铿锵的气概；除非诗才卓越，不能有如此工稳的对仗；除非壮志难酬，不能有如此泣血的悲叹。

鹧 鸪 天
南宋 辛弃疾

壮岁旌旗拥万夫，锦襜突骑渡江初。燕兵夜娖（chuò）银胡䩮（lù），汉箭朝飞金仆姑。

追往事，叹今吾，春风不染白髭须。却将万字平戎策，换得东家种树书。

完颜亮南侵时，22 岁的辛弃疾正在山东义军耿京手下，他也是宋金交战的亲历者。因此快 40 年后谈起当年的战事，花甲翁立刻来了精神，再现了当年的一幕。

关于上阕，需要先做几个词语解释。锦襜突骑，指的是穿锦衣的精锐骑兵。娖，谨慎地准备。银胡䩮，银色或镶银的箭袋，指准备防御。金仆姑，一种箭。上阕这几句词的意思是，当年辛弃疾带着万名锦衣精锐骑兵，渡江突破金军防线。金兵夜里还在准备防御工事，黎明时分南宋义军已经万箭齐发，猛攻金军。与陆游的"楼船夜雪瓜洲渡，铁马秋风大散关"不同，辛弃疾这四句词里，每句都有一个动词，"拥""渡""娖""飞"，灵动的词语使义军的神勇跃然纸上。

在这首词的前面，辛弃疾有这样一段序言："有客慨然谈功名，因追念少年时事，戏作。"当客人坐在厅堂里夸夸其谈建功立业时，曾经的战士实在觉得可笑，他觉得有必要告诉这些年轻人，什么是战争，什么叫精忠报国。

诗词是精彩的，现实却是无奈的。两位满腔热忱的抗金志士可惜生错了时代，注定只能做自己诗词里的英雄。

尴　尬

那不是一个英雄的时代。

雄汉盛唐的尚武之风在中唐以后演变成威胁王朝安定的藩镇之乱，在之后的五代十国愈演愈烈。宋太祖赵匡胤为保大宋长治久安，采取重文抑武的措施，塑造大宋俊逸风流的同时，却生生消解了华夏民族的阳刚之气。两宋320年间，中原王朝只是先后在中原、长江流域实现了局部统一，与多个少数民族王朝并立存在，促进民族融合的同时，开始的却是第二个南北朝时段。

另一方面，文化经济的空前繁荣，使得宋朝上下厌倦战争，拒绝统一。特别是南宋，大漠草原的荒凉孤寂怎比江南的富庶肥美，还有被金人糟蹋过的中原地带早已是荒烟蔓草，实在不能给宋朝百姓一个北伐收复失地的充足理由。民间甚至担心收复失地后，政府会增加江南的赋税去扶植黄河流域收复区的重建工作。至于皇帝，自高宗已降，偏安享乐的主题词不绝于耳。

"北宋缺将，南宋缺相。"南宋朝廷很不幸，"董事长"昏庸也就罢了，如果"总经理"也是蠢货，那这个王朝真不知该往哪里去了。宰相一届不如一届：黄潜善、汪伯彦、秦桧、汤思退、韩侂（tuō）胄（zhòu）、史弥远、贾似道……

相比之下，韩侂胄的人品并不算太坏，但却是个不作不死的家伙。

贵为皇亲的韩侂胄与宋宁宗的杨皇后一党争权激烈。为了抢功拉票，老韩决定折腾一件轰动性的大事——北伐。这是一场"世无英雄，遂使竖子成名"的闹剧。我们的大诗人大词人陆游、辛弃疾，就是凭着一腔热血，被韩侂胄忽悠进了北伐的队伍。

送辛幼安殿撰造朝

南宋　陆游

稼轩落笔凌鲍谢，退避声名称学稼。

十年高卧不出门，参透南宗牧牛话。

功名固是券内事，且葺（qì）园庐了婚嫁。

千篇昌谷诗满囊，万卷邺侯书插架。

忽然起冠东诸侯，黄旗皂纛（dào）从天下。

圣朝仄席意未快，尺一东来烦促驾。

大材小用古所叹，管仲萧何实流亚。

天山挂旆（pèi）或少须，先挽银河洗嵩华。

中原麟凤争自奋，残虏犬羊何足吓。

但令小试出绪余，青史英豪可雄跨。

古来立事戒轻发，往往谋夫出乘罅（xià）。

深仇积愤在逆胡，不用追思灞亭夜。

64 岁的辛弃疾在废退 10 年之后，被任命为绍兴知府兼浙东安抚使，并应诏入临安觐见皇帝。79岁的陆游喜不自禁，给辛老弟写下这首诗。

在回顾辛弃疾退隐江西上饶10年闲居生活之后，陆游对此次重出寄予厚望，勉励老弟施展才能，建功立业。同时叮嘱他要谨慎从事，勿为奸人所乘，更要捐弃前嫌，把过去的深仇积愤集中到抗金大业中去。一首长诗从鲍照、谢灵运、禅宗六祖慧能、诗鬼李贺、邠侯李泌这些隐士才子，到管仲、萧何、李广一干勋臣宿将，尽述典故传奇，希望辛弃疾能够把握机遇，完成二人多年来的夙愿。

在激动之余，还不忘提醒辛弃疾"立事戒轻发"，谨慎处理各项北伐事务，足见陆游对北伐的期待和辛弃疾复出的重视。

永遇乐·京口北固亭怀古
南宋 辛弃疾

千古江山，英雄无觅孙仲谋处。舞榭歌台，风流总被雨打风吹去。斜阳草树，寻常巷陌，人道寄奴曾住。想当年，金戈铁马，气吞万里如虎。

元嘉草草，封狼居胥，赢得仓皇北顾。四十三年，望中犹记，烽火扬州路。可堪回首，佛狸祠下，一片神鸦社鼓。凭谁问，廉颇老矣，尚能饭否？

这是宋宁宗开禧元年（1205年），辛弃疾被重新起用，整军备战时写下的著名词作。已经66岁的辛弃疾再次振作精神，缅怀东吴大帝孙权、南朝宋武帝刘裕的功绩，期盼开禧北伐能够马到成功，收复中原。同时他又借讽刺南朝宋文帝刘义隆仓促北伐失利的教训，规劝韩侂胄等人切勿轻敌冒进，草率误国。

一首词中出现了孙权、刘裕、刘义隆、霍去病和廉颇等5个典故，这在外人看来是过犹不及。而在辛词当中却是贴切自然，紧扣主旨，增强了说服力，所以备受历代文人推崇。明朝的杨慎甚至评价："辛词当以《永遇乐·京口北固亭怀古》为第一。"

可敬可爱的两位老人不知道，这次命运又要跟他们开一个大大的玩笑了。

命　　运

陆游文采斐然，仕途却一路坎坷。当年考进士中了个第一，偏偏第二是秦桧的孙子秦埙，于是他被挤掉了。好容易熬了四五年，等秦桧这老混蛋死了，陆游得以入仕，偏偏皇帝欣赏的是他的诗才，始终没有满足他效力疆场的愿望。于是老陆就这样在不停做梦、不停梦碎的官场生活中度过了80岁生日。迟到的大忽悠韩侂胄出现，老爷子高兴之余应邀写下《南园记》，给北伐军韩总司令拼命点赞。

至于辛弃疾，出生在北方沦陷区，对金国有新仇旧恨。21岁时加入抗金义军，他曾经带着几十人冲进数万金兵的大营活捉叛徒。坦率地说，辛弃疾是一个相当勇敢的剑客，但从他的抗金经历，我们无法判定他是否还是一个出色的军事将领。

南归后，辛弃疾在官场浮浮沉沉。他的《美芹十论》《九议》等抗金名作在民间广为传诵，在朝堂上却泥牛入海，不见声响。同样是韩侂胄的北伐让64岁的辛弃疾终于找到了组织，但是命运似乎总在捉弄他。辛老爷子处事刚猛，得罪人太多，一帮言官于是出来弹劾他，辛弃疾再度下野。

枕 上 作
南宋　陆游

萧萧白发卧扁舟，死尽中朝旧辈流。

万里关河孤枕梦，五更风雨四山秋。

郑虔自笑穷耽酒，李广何妨老不侯。

犹有少年风味在，吴笺著句写清愁。

这是陆游76岁时在家乡山阴一叶扁舟上的心语：朝中的老友都已故去，白发苍苍的自己僵卧舟中。家国情、英雄志仍在梦中，醒来只有风雨秋声。虚负凌云才志，一生襟抱未开，晚年的凄凉生活让陆游想到了两位古人：郑虔和李广。郑虔是唐玄宗朝诗、书、画三绝的大才子，却始终不得重用，落得酗酒终日。李广是汉武帝时的名将，却一生未能封侯，最终自杀。尽管以郑虔和李广自比，但陆游却是"自笑"和"何妨"，于无奈中显出一份退隐山林、远离官场的放达与执拗。况且猛志固常在，那就我诗写我愁吧。

据清朝学者赵翼统计，陆游的记梦诗多达99首。一个垂垂老者如果成天在梦里舍我其谁，而且不是患上抑郁症，那么他的寂寞实在令人心疼。

"楚天千里清秋，水随天去秋无际。遥岑远目，献愁供恨，玉簪螺髻。落日楼头，断鸿声里，江南游子。把吴钩看了，栏杆拍遍，无人会，登临意。"这是辛弃疾在建康（今江苏南京）任通判时所作《水龙吟·登建康赏心亭》的上阕。登高远眺，人生的落寞孤寂尽在词中。相比《破阵子》中"醉里挑灯看剑"的雄心勃勃，此时辛弃疾则是孤独地登上赏心亭，拍着栏杆，摸着吴钩剑，顾影自怜，无有知音。

闹　　剧

北伐靠的是真刀真枪去打仗，不是写篇文章喊句口号就行的。形式大于内容，乍呼大于实战的开禧北伐用的全是一帮光说不练的家伙。辛弃疾被韩侂胄起用之初写下名篇《永遇乐·京口北固亭怀古》，在感慨"想当年，金戈铁马，气吞万里如虎"的同时，他也对韩大忽悠的北伐有着一丝隐忧："元嘉草草，封狼居胥，赢得仓皇北顾。"

不久，手握重兵的蜀将吴曦暗中通敌，宋军全线溃败。幸而有杨巨源等人起事杀吴，方才平息了这场兵变。韩侂

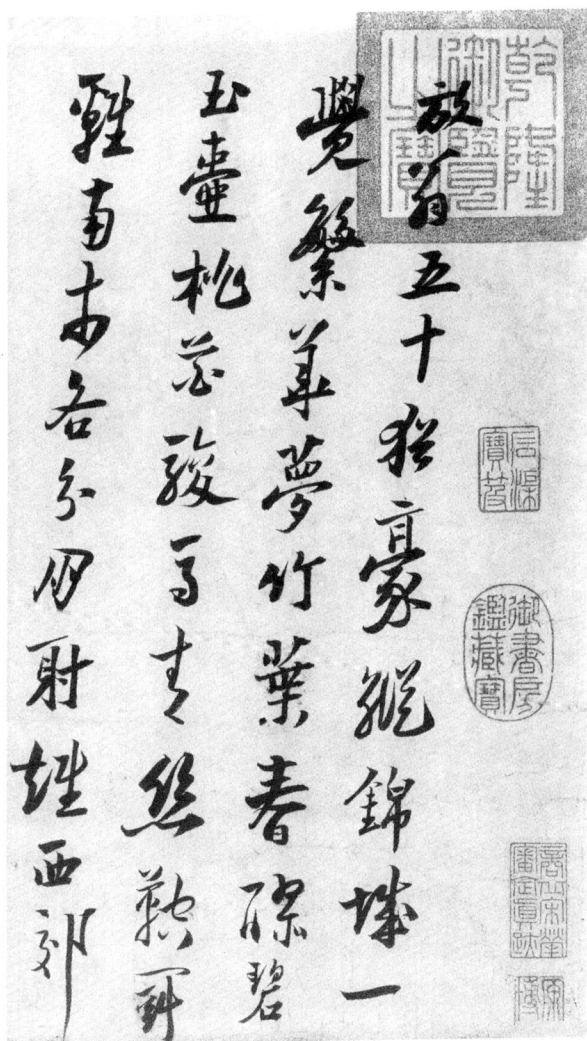

陆游手书《怀成都十韵诗》局部

胄惊魂未定，只得派人向金人求和。此时金军也已是强弩之末，顺势开出议和条件：割地赔款杀老韩。前两条好答应，第三条韩侂胄绝不会同意。一怒之下，他决定整兵再战。环顾四周，手下的将军死的死，跑的跑，于是再度去请辛弃疾，委任他为枢密院都承旨（相当于参谋总长）。或许这是老辛从军多年的奋斗目标，可惜太迟了，旨意未到，老头子已然逝世。

接下来的事情更简单了。开禧北伐的失利成为政敌杨皇后和史弥远攻击韩侂胄的有效武器。内外交困中，老韩被对手矫旨骗入宫中处死。韩总司令的脑袋被送往金国，当作和议的一个砝码。宋金双方签订了南宋历史上最屈辱的"嘉定和议"。

不久，老爷子陆游带着遗憾病逝——"死去元知万事空，但悲不见九州同。"（《示儿》）

遗　志

陆诗辛词当中，有两首让人印象深刻。

金错刀行

南宋　陆游

黄金错刀白玉装，夜穿窗扉出光芒。
丈夫五十功未立，提刀独立顾八荒。
京华结交尽奇士，意气相期共生死。

千年史册耻无名，一片丹心报天子。

尔来从军天汉滨，南山晓雪玉嶙峋。

呜呼！楚虽三户能亡秦，岂有堂堂中国空无人？

这是陆游48岁时的名作。从渴望杀敌建功（提刀独立顾八荒），到报国丹心（千年史册耻无名，一片丹心报天子），再到"中国"必胜的信心（岂有堂堂中国空无人），全诗托物寄兴，层层递进，诗韵四句一转，读来酣畅淋漓，壮怀激烈。金刀无用武之地，英雄报国无门。刀如其人，正气凛然。

清平乐·独宿博山王氏庵
南宋　辛弃疾

绕床饥鼠，蝙蝠翻灯舞。屋上松风吹急雨，破纸窗间自语。

平生塞北江南，归来华发苍颜。布被秋宵梦觉，眼前万里江山。

这是辛弃疾45岁左右贬官为民后，游览途中借宿一户农家茅屋，夜间被老鼠、风雨吵醒后的感怀之作。从饥鼠、蝙蝠到松风、急雨、破窗，词人睹物自语。一生征战南北，归来失意，满头白发。薄被不抵五更寒，醒来想的仍是梦里江山。近乎白描的词句传递了浓烈的情感诉求。

从风格上看，这首词近似田园诗派，与作者以往的豪放派词作相去甚远。困居萧瑟破败的草屋，却是"眼前万里江山"。最后一句一扫前面的困窘，真正是"穷且益坚，不坠青云之志"。

一切都结束了。让我们平复一下澎湃的心情，冷静思考陆游和辛弃疾的人生。

也许辛弃疾的遗憾比陆游要少一些。他是在北伐军整装待发的战鼓声中闭上眼睛的，至少给自己留下了满满的希望。陆游则是在又一次无情的重击下溘然长逝。

和之前的南唐后主李煜、宋徽宗赵佶一样，陆游和辛弃疾的命运都是被上天给错判了。他们文采斐然，才情卓著，却偏偏生在那个乱世，他俩的梦想又偏偏是收复失地。

时过境迁了。汉族王朝大一统中原的时代早已过去，北方少数民族的兴起带来的是东亚大陆空前的民族融合，经济的发展繁荣也促进了汉族政权重心的南移。收复失地，还都汴京，无疑是逆行之举。对书生陆游、辛弃疾他们而言，这些显然不及民族大义、亡国之痛更重要。

韩侂胄是政客，一个不算高明的政客。他在权力争斗中打出了一张民族大义的牌，却不知道如何做接下来的事。他拉大旗作虎皮，忽悠来了陆游、辛弃疾这帮爱国文人，同样也吸引来了一帮投机小人。与其说韩侂胄后来下了一手臭棋，不如说这是他被陆游、辛弃疾这些纸上谈兵的狂热分子给架上火炉去烘烤，不得已而为之的慌乱之举。再加上吴曦这样的小人暗中掣肘，杨皇后、史弥远这帮政敌的口诛笔伐，于是开禧北伐成为南宋一朝最大的政治笑话。

中国历史上成功的统一战争从来都是自北向南，而由南向北的所谓北伐只有明太祖朱元璋勉强成功——攻下元大都，将元顺帝赶回蒙古草原，但是终究没能肃清北元之患，蒙古人成为贯穿明朝始终的百年噩梦。细究北伐无法成功的原因：北方游牧民族的骑射优势、草原百姓马背上随遇而安的生活习性、荒漠之地恶劣气候的影响等等，再加上前面提到的中国经济重心不断南移等原因，注定开禧北伐又是一场汉族王朝失败的战争。

对于陆游和辛弃疾，我无意嘲笑他们军事上的浅薄、政治上的无知，反倒是他们那一篇篇令人爱不释手的诗词，让我更加敬慕他们壮怀激烈式的忠勇，欣赏他们堂吉诃德式的可爱。

因为他们的固执，南宋朝廷才得以享 152 年的国祚；因为他们的固执，74 年后的厓山之战才会成为历史的绝响；因为他们的固执，草原民族的快马弯刀终究没有真正征服中原王朝。

悔：后主的山河故国

犯过错的男人大抵人生故事都比较曲折，例如陈叔宝、李煜。

陈叔宝的小确幸

历史上叫叔宝的名人有两个，一个陈叔宝，一个秦叔宝。两人基本可以看作是一个时代的人，但一文一武的后人评价却有天壤之别。名将秦叔宝在民间传说中是奇男子大丈夫，昏君陈叔宝则是荒淫无道的代名词。

上天赐予陈叔宝的珍宝不少：江南的沃土，极佳的文采，还有张丽华、孔贵嫔等一众美女。宝贝有个一两件在手中是稀罕，多了便是负累。特别是美人和江山同时出现，剧情基本都是累美人、负江山了。

陈叔宝是幸运的。他爹陈宣帝驾崩时，作为太子的他在灵前痛哭。不料图谋不轨的二弟陈叔陵突然生了歹心，抓过给皇帝煎药的医官用的锉药刀，照着大哥陈叔宝的后脑就是一刀。也许是陈老二太紧张，抑或是锉药刀太钝，反正这一砍只伤到了脖子，却没有人头落地。左右侍卫赶紧救起受伤的陈叔宝逃离现场。砍人都不死的陈叔陵注定成不了大事，很快就被朝廷军队摆平了。养好伤后，陈叔宝顺利继位，史称陈后主。

大难不死的陈叔宝更加珍惜生命，更加渴望享受眼前的荣华富贵。他建凌云高阁，藏如花美眷，积奇石为山，植名花为林，在他的一方天地里逍遥自在。

陈叔宝是有艺术才华的，出口成诗，填词成歌。一首普通的乐府民歌《玉树后庭花》因为他的重新填词，成了尽人皆知的名作。

玉树后庭花

南朝　陈叔宝

丽宇芳林对高阁，新妆艳质本倾城。
映户凝娇乍不进，出帷含态笑相迎。
妖姬脸似花含露，玉树流光照后庭。

所谓"后庭花"，是一种生长在江南庭院中的花。花朵有红、白两色，其中白花开放时，树冠如美玉一般洁白无瑕，故此得名"玉树后庭花"。

如果单从文学角度看，这首乐府诗结构严谨，词藻华丽，不失为宫廷诗的最高水平。但是我们总是喜欢不起来：华丽的宫殿，繁盛的花园，风情万种的美人，风流倜傥的天子……这一切都是那样纸醉金迷，散发着甜腻的亡国气息。

陈叔宝好色，可品位绝对不低。发长七尺的张丽华肯定不是只会拍洗发水广告的无脑"花瓶"。人家为陈叔宝生了两个儿子，身材还不带走样的。陈叔宝受了刀伤，是张丽华不离左右悉心照料。人家不仅能歌善舞，而且记忆力超强，坐在皇帝腿上就能帮着把政务都处理了，并且无一疏漏。陈叔宝能不喜欢吗？

陈叔宝又是不幸的。因为他的对手是新兴的隋朝的开国皇帝杨坚。取后周、灭西梁的杨坚绝不容许南边还有一个陈朝存在，他要的是天下一统。所以，他命次子晋王杨广点齐 51 万大军，浩浩荡荡南下了。

接到前线战报，诗人陈叔宝甩出一句豪言壮语："朕当亲御六师，廓清八表，内外并可戒严。"当然，仅仅是一句口号而已。风雅的他怎么舍得置身兵燹（xiǎn）？不懂军事的他在御前军事会议上犹豫不决，胡乱中做出了战斗部署。他寄希望于长江天险，他在祈祷天佑陈朝，他在等待逆袭出现。

前线的坏消息一个接一个地传回来，陈叔宝绝望了。与其说他在抓紧时间与美女们享受最后的美好时光，不如说他是在醉生梦死中等候亡国丧钟的敲响。

一国之主陈叔宝的不作为彻底瓦解了军心，陈朝最后的军队不战而降，打开了建康城门。"门外韩擒虎，楼头张丽华。"（杜牧《台城曲》）隋朝大将韩擒虎的部队冲进皇宫，陈叔宝和张丽华、孔贵嫔慌不择路，躲进一口枯井。隋军的绳索一下子拉上来一帝二妃，三个俘虏，上演了史上最狼狈的一幕亡国丑剧。

多年以后，有好事者结合陈亡的教训，替陈叔宝的《玉树后庭花》续上了两句："花开花落不长久，落红满地归寂中。"终于给这首浮艳之作缀上了不作不死的谶语。

关于《玉树后庭花》，多数人是通过唐朝杜牧的《泊秦淮》知晓的：

烟笼寒水月笼沙，夜泊秦淮近酒家。
商女不知亡国恨，隔江犹唱后庭花。

杜牧所处的晚唐早已没有了"煌煌太宗业，树立甚宏达"（杜甫《北征》）的朝气蓬勃。秦淮河畔依旧灯红酒绿，淫词艳曲不绝于耳。杜牧敏感地嗅到了200余年前南陈亡国的衰朽气息。隔江吟唱《玉树后庭花》的商女自然不知道这是一首毒药般的亡国之音。可是满朝公卿还有当朝天子如果还在那里乐此不疲，那么陈叔宝就是前车之鉴。

李煜的奢望

李煜比陈叔宝的才华更高，却有自知之明，起初并不想做皇帝，甚至自号"钟隐居士"表明心迹。但是，好像江南朝廷的龙椅一定要有几分文艺范儿的天子才能坐得上，所以皇冠绕来绕去还是落到李煜头上，于是这位杰出文艺青年代表有些不情愿地挟着他的诗词登上金殿。后世同样称他作后主，李后主。

陈叔宝与众美女缱绻终日，耳鬓厮磨出了一首"中国好歌曲"《玉树后庭花》，这在李煜看来简直是小儿科。人家背着大周后跟她妹妹跑到后花园搞暧昧，随口就吟出了"刬袜步香阶，手提金缕鞋"（《菩萨蛮》）的绝妙金句。奢华至极，香艳至极，颓废至极。

李煜后宫的佳丽随便拉出一个，便是一种时尚的引领者。比如这个混血美女，因为双眼深凹多情，得名窅（yǎo）娘。她身轻如燕，白帛裹足，独创金莲舞。传说中的汉成帝皇后赵飞燕的掌上舞，有谁见过？在金莲花上翩翩起舞的窅娘才是真正的"舞林高手"。多年以后，斯人已逝，舞蹈失传，她的三寸金莲以及缠足的白布却成了万千女郎争相仿效的时尚达人装备，且不论缠足对中国女性身体和心理的贻害，至少当年在李煜的后宫，窅娘冠绝一时。

大唐风流天子李隆基创作的《霓裳羽衣曲》历经战乱

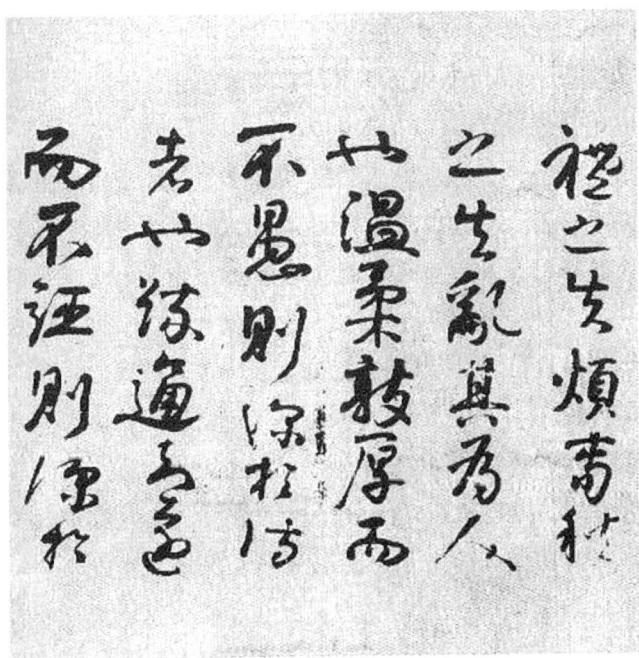

李煜《入国知教帖》

早已失传，李煜的大周后冰雪聪明，凭着一本残谱，根据自己的理解加以创作，竟然恢复了这首盛世名曲的原貌！红颜薄命，大周后不幸英年早逝。但是她还有个既善弈棋、又解风情的妹子小周后，迅速填补了李煜的感情空白。面对上天这样的眷顾，心存感激的李煜只想怜取眼前人，哪里还管什么江山社稷。

"晓妆初了明肌雪，春殿嫔娥鱼贯列。"（《木兰花》）李煜流连于对酒当歌的时尚盛典，热衷于填词谱曲的文人做派。可惜他的时代不再是五代十国林立，强大的宋朝已经统一中原，兵锋直指江南。面对宋军咄咄逼人的气势，李煜只想拥有一块安静的小地盘，和自己的美女过点奢靡的小日子。但是宋太祖一句"卧榻之侧，岂可许他人酣睡"，绝了李煜这一点点奢望。

清 平 乐

五代 李煜

别来春半，触目愁肠断。砌下落梅如雪乱，拂了一身还满。

雁来音信无凭，路遥归梦难成。离恨恰如春草，更行更远还生。

971年秋，李煜派弟弟李从善去宋朝进贡求和，被扣留在汴京。此后，李煜多次请求宋太祖放李从善回国，未获允许。暮春时节，落梅如雪，在李煜眼中却成了恼人的春色。弟弟从善在大宋音信皆无，生死未卜，江南半壁江山的命运同样是风中残烛，随时都有吹灯拔蜡的危险。眼前是末世一般的凄凉美景，笔下是死寂一般的了无生气，李煜只能狂饮衰朽。

江南朝廷的抱残守缺，再次成就了北方军队又一个摧枯拉朽的经典战例。相传金陵城破之时，李煜竟然还在宫中创作一首新词《临江仙》：

> 樱桃落尽春归去，蝶翻金粉双飞。子规啼月小楼西，玉钩罗幕，惆怅暮烟垂。
> 别巷寂寥人散后，望残烟草低迷。

刚写到这里，挎剑悬鞭的宋军已经杀到眼前。这首并不出彩的词作最后几句"炉香闲袅凤凰儿，空持罗带，回首恨依依"是李煜后来补上的。回首14年的帝于生涯，李煜恨什么？

囚徒的困境

隋朝容得下亡国之君陈叔宝，却容不下亡国之妇张丽华。二十出头的灭陈总司令晋王杨广想把张丽华给收了，结果长史高颎是个倔老头，一句"祸水误国"，直接把张丽华杀了。

当初陈叔宝宠幸张丽华时，冷落了正宫沈皇后。即便前往皇后宫中，也是例行公事般打个照面就走人。更无聊的是，陈叔宝得便宜卖乖，留下四句打油诗：

> 留人不留人，不留人也去。
> 此处不留人，自有留人处。

陈叔宝的嘚瑟近乎无耻：皇后你留不留我，我都要走。你这里不留我，有的是留我的地方。后宫佳丽三千，除了张丽华，还有李丽华、王丽华，朕身边有的是美女。

皇帝没有皇帝样儿，沈皇后却有着皇后的尊严，不卑不亢地回了四句诗：

> 谁言不相忆，见罢倒成羞。
> 情知不肯住，教我若为留。

皇后有理有节：谁说我不想见你？可是见了面倒让自己白白蒙羞。这又何必呢？明知道你不肯留在这儿，叫我怎样挽留你！

金陵破城之时，陈叔宝和几个美女狼狈就擒，史书上说沈皇后当时"居处如常"。她早就料到轻佻的陈叔宝会有今天的下场。

颇有讽刺意味的是，今天人们常说的"此处不留爷，自有留爷处"，就是脱胎于陈叔宝的这首《戏赠沈后》。

做皇帝时，陈叔宝有诗有酒有女人。如今亡国了，他的世界里只剩酒。他成天烂醉如泥。在隋文帝杨坚的酒会上，陈叔宝如同乐不思蜀的阿斗，麻木不仁，丑态百出，惹得隋文帝摇头叹息："此人全无心肝！"

诗还是要写的，不过都是些奴颜媚骨、虚头巴脑的歌功颂德之作。曾经风流倜傥的后主不复存在，堕落成了"好食驴肉""每日与子弟饮酒一石"的酒囊饭袋。

何至于此？一般的理解是：哀莫大于心死。不！心已死去的陈叔宝从真空状态跌落凡间，突然发觉，对于衣来伸手、饭来张口的金枝玉叶来说，生存竟然是最大难题。如今，苟延残喘才是他人生真正的奢侈。神马都是浮云，他必须活着！于是他装傻充愣，自轻自贱，方才在长安城好吃好喝地又活了 15 年，并且还死在了胜利者杨坚之后。

和陈叔宝相比，李煜是个更纯粹的理想主义者，或者说悲观主义者，所以他囿在山河故国里怎么也走不出来。当他肉袒出降之时，他却被往昔的点点滴滴牵绊住了——正是这些从前过往成了他三年高级囚徒生活的全部。

同样的李煜，同样的词牌却吟咏出了之前不曾有的、痛彻心扉的家国情怀。

破 阵 子

五代 李煜

四十年来家国，三千里地山河。凤阁龙楼连霄汉，玉树琼枝作烟萝，几曾识干戈？

一旦归为臣虏，沈腰潘鬓消磨。最是仓皇辞庙日，教坊犹奏别离歌，垂泪对宫娥。

南唐建国三十八载，享三千里江山。江南风流俊逸之地，何曾经历过刀兵？偏偏现实如此残酷。天子一旦沦为阶下囚，便被消磨得腰肢消瘦、两鬓斑白。仓皇辞别宗庙之时，离歌响起。面对宫娥哀怨的目光，曾经的天子只能报以同样的泪眼。

江山美人历经烽火，在婉约派圣手李煜的笔下竟然幻化出了铿然作响的豪放之风。

"独自莫凭栏，无限江山，别时容易见时难。流水落花春去也，天上人间。"（《浪淘沙令》）寂寞的李煜在词句里与山河故国隔空对话。但是，英雄对手赵匡胤已经死去，附庸风雅、小肚鸡肠的赵光义登上皇位，他哪里容得下一个阶下囚在他眼皮底下感物伤怀。赵光义不仅无耻地糟蹋了李煜的小周后，更是在看到那首著名的《虞美人》后，直接命人用牵机药毒死了李煜。

虞　美　人

五代　李煜

春花秋月何时了，往事知多少？小楼昨夜又东风，故国不堪回首月明中。

雕栏玉砌应犹在，只是朱颜改。问君能有几多愁？恰似一江春水向东流。

这是李煜流传最广的词作之一，被誉为"词中之帝"。虽然是一首绝命词，但它更像是一曲生命的挽歌。昔日王，今日囚，李煜如同一个犯错的孩子，拼命追问逝者如斯与生命无常孰轻孰重，奢望从中寻到回天之术。他问天，问地，扪心自问，在追悔中与往事诀别。

春花秋月，小楼东风，眼前的良辰美景让李煜不堪。因为他害怕回首朱颜已改、物是人非的山河故国。春水东流，浩浩汤汤，承载的却是李煜胸中一腔愁绪。

客居汴梁的李煜没有一天不思念江南，没有一刻不自怨自艾，一腔愤懑化作那句经典——"自是人生长恨水长东"（《相见欢》）。既然现实如此无奈，故国那么美好，那不如饮下毒酒，遂了阴险对手赵光义的心愿，自己也得以在另一个世界回到从前。

告别荒唐

"南朝天子爱风流，尽守江山不到头。"（李山甫《上元怀古二首》）南朝的后主都是失败的皇帝，但又都是有过大喜大悲经历的男人。抛开成王败寇老套的政治评判，就生命个体而言，无论陈后主还是李后主，留给我们的人生思考绝不比秦皇汉武少。

陈叔宝死后，隋朝二世皇帝杨广给了他一个可能是最差的谥号"炀"。看看炀字的意思吧。所谓好内远礼曰炀，去礼远众曰炀，逆天虐民曰炀，好大殆政曰炀，薄情寡义曰炀，离德荒国曰炀。显然，杨广是瞧不起陈叔宝的。但是他怎么也没想到，14 年后不可一世的他也成了亡国之君，战胜他的李唐王朝同样把这个"炀"字送给了他。

赵匡胤、赵光义兄弟蔑视李煜这样的风流天子，岂料100 多年后，他们的不肖子孙赵佶竟比李煜还要文艺，还要不着调，同样把祖宗社稷输得血泪斑斑。于是在民间传说里，宋徽宗赵佶成了李煜的投胎转世。

历史就是这样冷漠而公正。坐视完陈后主和李后主的失败，却又让胜利者们代之以另一种似曾相识的方式重蹈覆辙。于是，前者的荒唐变得不再那么刺眼。

想来陈叔宝和李煜都曾无数次扪心自问：人生究竟是什么？可是这样深奥的命题，谁能轻松回答？

人生，或许就是一堆怎么回忆也回忆不完的从前，一堆愈回忆愈发觉得慵懒美好的从前。陈叔宝觉得他的人生停在了亡国的那一刻，于是用现实的苟且来祭奠故国。李煜则是用照进当下的旧日时光，来一点点舔舐思念的伤口。都说从前慢，缘何这一堆的从前故事如此匆匆地就与现实擦肩而过了呢？山河依旧，从前的日子过得慢，只是回放在记忆里。故人已逝，岁月不居，一切原来还是太匆匆。

参禅：在禅机面前，神马心灵鸡汤都是浮云

当"佛系"概念攻陷朋友圈时，多数人的理想已经被心灵鸡汤偷袭了。要知道，真正的禅意与所谓的"佛系"无关。

王维看云

因为母亲笃信佛教，所以王维一生与佛结缘。他的名字王维王摩诘，便是佛家用语。所谓"维摩诘"，是梵文的音译。维是没有的意思，摩指肮脏，诘指匀称，"维摩诘"合到一起可以翻译成"无垢"。最初在《维摩诘经》里，维摩诘就是指一位在家修行的居士。因为潜心修行，得成正果，是为维摩诘菩萨。后来维摩诘在佛教中专指以洁净、没有染污而著称的人。

王维别号"诗佛"，在他的山水田园诗里，我们时常可以读出禅意。这禅意一是源自终南山的秀色，一是源自无常的世事。

终南山对于唐朝的士人有着特殊含义。一个叫卢藏用的投机分子借终南山隐居，以退为进顺利进入官场，创造了一个成语——终南捷径。王维在终南山和临近的辋川各有一套山居别墅。按照现在房地产开发商时髦的说法，他这是"离城不离尘"，既摆脱了大都市长安城的喧嚣，又没有远离政治中心。中年以后，政治上并不得意的王维逐渐厌倦了官场，开始在山林间寻找逸趣。

终南别业

唐　王维

中岁颇好道，晚家南山陲。

兴来每独往，胜事空自知。

行到水穷处，坐看云起时。

偶然值林叟，谈笑无还期。

别业即别墅。王维住在终南山脚下的私家别墅里自得其乐：兴致来了，一个人在山间漫步，这种快乐只有自己知道。游山玩水到了尽头，便坐下来看云卷云舒。偶尔遇见林中的老翁，攀谈得投机竟忘记了回家。

与其他田园诗人相比，王维诗作的关键字是"空"："人闲桂花落，夜静春山空""空山不见人，但闻人语响"

"深林人不知，明月来相照"……他所营造的氛围总是空灵幽静。

这首《终南别业》同样展示了隐居的惬意：独来独往，胜事自知，坐看云起，偶遇林叟。尽管苏轼盛赞王维是"诗中有画，画中有诗"，但是这一次他好像并没有给出明确的终南秀色。

让人印象深刻的是颈联："行到水穷处，坐看云起时。"流水白云，一穷一起，一行一坐，这是在行游吗？这是在参禅：水穷并不意味着结束，而是"应尽便须尽"，所以"无复独多虑"，还可以坐看云起啊——云多生雨，雨落成水，不又是一个轮回吗？后世的白居易也说"云自无心水自闲"。云的无心与水的自闲，都是淡泊坦荡的人生态度。按王维的理解，这就是"空"。正因为无心，才得以从执念中解脱出来，笑看行云流水之际，实现了物我合一、宠辱偕忘的大境界。这一刻，王摩诘的诗中不仅有画，还有禅机和哲理。

当我行我素、没心没肺的"佛系"概念流行之时，"面朝大海，春暖花开"被包装成诗和远方的标签。王维也被心灵鸡汤炮制者找出来，获封佛系青年的鼻祖。

王维真是冤死了。人家实实在在住着终南别墅，真真切切看到了春暖花开，但彼时的他并不幸福。

《终南别业》这首诗写于安史之乱爆发之后，也是王维在官军收复长安后回归朝廷的作品。安禄山的叛军占领长安时，被俘的王维迫于淫威接受了伪职——他这个洁净的维摩诘晚节不保。虽然经朋友们多方运作，肃宗皇帝赦免了他的罪过，但是度尽劫波的他已经看透官场，看透人生。这倒是应了 10 多年前他对好友张少府所说："晚年唯好静，万事不关心。"（《酬张少府》）

苏轼飞鸿

相比之下，苏轼的命运比王维要坎坷得多，所以面对人生风雨，他的眼界更宽，语气更决绝："九死南荒吾不恨，兹游奇绝冠平生。"（《六月二十日夜渡海》）对于 7 年放逐儋（dān）州的生活，他显得格外淡定，甚至还有几分调侃。这种达观王维做不到。

和子由渑池怀旧
北宋　苏轼

人生到处知何似，应似飞鸿踏雪泥。
泥上偶然留指爪，鸿飞那复计东西。
老僧已死成新塔，坏壁无由见旧题。
往日崎岖还记否，路长人困蹇驴嘶。

宋仁宗嘉祐元年（1056 年），20 岁的苏轼和 17 岁的苏辙兄弟进京赶考，路过河南渑池，住在僧人奉闲的僧舍，并于壁上题诗。6 年后，苏轼出任签书凤翔判官，再次经过渑池。留在京中的苏辙回想这一路宦海浮沉，感慨颇多，便写了一首《怀渑池寄子瞻兄》的七律寄给苏轼。诗中第二句他说："共道长途怕雪泥。"他怕独行的哥哥长路难行，他更怕人生坎坷，官场险恶，于是只能像没有方向的马儿一样一声长嘶。

针对老弟提到的雪泥，苏轼做了一个非常著名的譬喻：人生就是一段漫长悠远的旅程，每到一处犹如鸿飞千里当中的暂时歇脚。虽然不是终点，但每一次驻足都会清楚地在雪泥上留下斑斑爪痕。鸿飞振翅之际，这些爪痕似乎没有了意义。但是别忘了，它们记录的正是我们的人生经历。一个一个不起眼的落脚点串联起来，便是一条悲喜交织的来时路。

他顺势举了个例子——兄弟俩曾经夜宿题诗的奉闲僧舍。6年过去，奉闲老僧已成新塔一尊，斑驳旧壁上两人题写的诗句是否依旧清晰，这些物是人非的印迹不正是泥上指爪吗？

顺着老弟的思路，苏轼替他做了一次精准到位的心灵SPA。临了，又回放了一个两人记忆犹新的画面：当年赶考途中，兄弟俩的马死在崤山，不得不改骑跛脚的驴子。就这样，一路蹒跚，一路坚持，一路走到汴京，一路金榜题名。

心灵鸡汤总是忽悠年轻人："以梦为马，不负韶华。"亲兄弟之间拒绝那些虚头巴脑的"××会有的，××也会有的"，肺腑之言凝结成一个经典成语：雪泥鸿爪。

从回首来时路到怜取眼前人，苏轼看到了世事的无常，也看到了人生的希望。因为往昔艰难，所以才有了今天的回忆温暖。如果说"鸿飞那复计东西"里充满了对人生来去无定的怅惘，那么"路长人困蹇驴嘶"则饱含对往事的深深眷恋。总有人以为参禅带着世事无常的虚无之意和宿命之感，苏轼则用温情融化了悲凉，用达观照亮了虚空。

鸿飞冥冥，我心悠悠。回首，是不悔；向前，是莫怕。

云　与　水

北京故宫博物院收藏了元朝书法家赵孟頫一幅《赠药山高僧惟俨（其一）》的行书作品。看过的人都说，这是赵孟頫最有禅意的作品。固然赵子昂写得丰神俊逸，但我认为，这是原诗的禅意感染了他。

赠药山高僧惟俨（其一）
唐　李翱

炼得身形似鹤形，千株松下两函经。
我来问道无余说，云在青天水在瓶。

中唐时期，朗州（今湖南常德）药山住着一位得道高僧惟俨禅师。朗州刺史李翱多次派人请高僧到府中一见，都没有下文，于是李刺史亲自上山拜会。不料进得山门，只见惟俨禅师正在松下专心诵读经书，根本不理会这群登门的官员。李翱的手下提醒惟俨：领导来看你了。禅师依旧不理不睬。李翱不耐烦了，说了一句"见面不如闻名"，便拂袖而去。

这时惟俨发声了："大人，您为何宁可相信耳听为虚，却不愿眼见为实呢？"

李翱闻之，浑身一震，他知道高僧话里有话，赶紧回身向惟俨道歉。紧接着又抛出了问题："什么是道？"

高僧一指天，又一指佛龛上盛水的净瓶："懂了吗？"

李翱摇了摇头，实在不明白这打的是什么哑谜。

高僧淡淡吐出7个字："云在青天水在瓶。"

李翱确有慧根，秒懂了禅师的意思，欣然拜谢。

结合这次上山的经历，他写下了这首偈子诗：禅师在药山深处礼佛修道多年，身轻如鹤，道骨仙风。这一片千株松林远离尘世，禅师便在这里专心诵读经卷。我今天前来问道，只得到一句"云在青天水在瓶"。

李翱不是一般的官僚，他还是一位哲学家。他曾撰写《复性书》，提倡"灭情复性"，即为了恢复本性，必须限制生活中的情欲。这一观点其实融合了佛、道两家的主张。今天惟俨禅师一句话让李翱感觉，暗室里点起了一盏明灯，一潭坚冰立时融化。他瞬间顿悟：所谓"云在青天水在瓶"，云在天上，水在瓶中，虽然物性不同，却万法归一。云是悠闲的，水是恬静的，它们各自保持本心，于是便有了当下相对合理的存在。结合他提倡的复性说，那就是：人人都有天赋的性善属性，放下杂念，复性之后便能达到

"至诚"境界。这样看来，李翱的观点倒像是后世宋明理学"存天理，灭人欲"学说的先驱了。

禅师究竟指的是什么？千百年来不同人给出了 N 种理解。

有人读出：道也好，真理也好，就在一花一草，万事万物之间。有人读出：水在天上为云，云在瓶中为水。位置不同，同一事物便有了区别。认清自我，以一颗平常心对待当下，便是道。有人读出：云在青天，随风卷舒；水在瓶中，随方就圆。云动水静，坦然面对就好……如果可以穿越，大家拿着自己的答案去找惟俨禅师，估计他也无法给出一个周全合理的解释。佛法广大，禅意无边，原本就是一个开放的题目，见山见水，见仁见智。

恕我以一个俗人的视角来揣测惟俨禅师。或许他只是想对李翱说：你做你的大官，我修我的佛法，各安天命。你何苦拿你的那些俗事来烦我？

倒是元朝书家赵孟頫用书法给出了一番更有深意的解读。相比他的《千字文》《洛神赋》《赤壁赋》这些行书大作，这幅作品更像小品。四句诗排成五列，前两列以行楷为主，写得相对平和，如水在瓶，恬静从容；从第二列最后的"两""函"二字的连属开始，书写进入行草的快车道，笔法稍有纵意，如云在天，悠然自得。第三句原文是"我来问道无余说"，赵孟頫把最后一个字改成了"事"，并直接用了草书符号，一笔折转撇出，顿挫淋漓。"事"字长长的拖尾造成了字距的变化，开启了点睛之句"云在青天

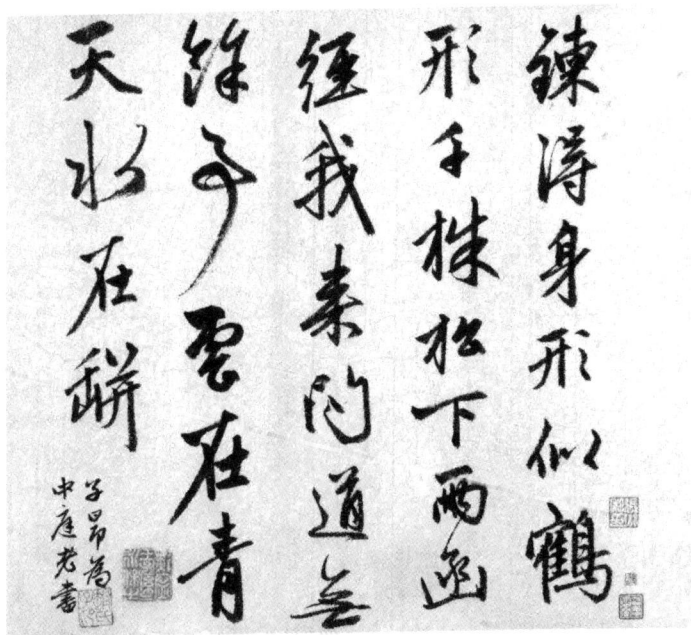

赵孟頫行书《赠药山高僧维俨》

水在瓶"。最后 7 个字由敛而放，墨色渐淡，从尘嚣中猛然抽身，飘然世外了。

一首七绝，明机悟道；一纸行书，流水行云。从拘谨规整到放达随性，赵孟頫仿佛在纸上完成了一次心灵远游。散散淡淡，兜兜转转，他的皇家血统，他的亡国之痛，他的学养积淀，他的委曲求全，在这里一览无余。

春天在哪里

2018 年春节时，中央电视台一档诗词节目《经典咏流传》带火了一首小诗——清朝袁枚的《苔》：

> 白日不到处，青春恰自来。
> 苔花如米小，也学牡丹开。

号称"乾隆三大家"之一的袁枚视角独特，关注到了极不起眼的苔藓。在阳光照不到的背阴处，苔藓长出了蓬勃的绿意。所谓苔花，其实苔藓并不能开花，但即便茎和叶微小得只有米粒一般，苔藓也要凭借自己的努力，展现和牡丹一样的精彩。

袁枚想说的是，世界并不是牡丹独占的世界，而是万物生长的空间，有牡丹的国色天香，也有苔藓的默默无闻，每一个个体都应该得到充分肯定。

关于《苔》，袁枚当时写了两首。

苔（其二）

清　袁枚

各有心情在，随渠爱暖凉。

青苔问红叶，何物是斜阳？

　　这里的"渠"，是"它"的意思（朱熹"问渠那得清如许"中的"渠"，就指"它"），随渠，就是随它。相比之下，这首诗更能准确表达袁枚的意思：每个人每个物种都有各自不同的心情和状态，我们应该随着它们的喜好，对冷热阴晴有各自不同的偏爱，就像青苔问红叶，什么是斜照的太阳啊？

　　各行其道，各安天命，正是秩序的和谐。袁枚看到了，但是他的表达似乎还不够生动。

　　30多年前，台湾音乐人罗大佑写过一首《野百合也有春天》，中间副歌部分有一句歌词跟袁枚的意思一模一样："就算你留恋开放在水中娇艳的水仙，别忘了寂寞的山谷的角落里，野百合也有春天。"因为歌词更直白更生动，这首歌成为经典。

　　袁枚可能是清朝诗人里最特别的一个。24岁中进士，33岁却辞官回家，在南京构筑随园，接下来的人生便是读读写写，吃吃喝喝，活到82岁。除了留下《小仓山房文集》《随园诗话》等文集外，他还总结40年的"吃货"经验，写出《随园食单》，系统论述中国烹饪技术，介绍了当时 326 种南北菜点，以及美酒名茶，堪称清朝版的《舌尖上的中国》。

当别人在官场汲汲营营之际，袁枚已经在自己的随园里优哉游哉了。

嗅　梅
唐　无尽藏

尽日寻春不见春，芒鞋踏遍陇头云。
归来笑拈梅花嗅，春在枝头已十分。

我们常说"踏破铁鞋无觅处，得来全不费工夫"。在庆幸得到的同时，其实已经暗含了"早知如此容易，何必苦苦奔波"的嗔怪。而这位名叫无尽藏的比丘尼的诗中却有另一番深意："尽日寻春不见春"讲的是悟道时无门可入的苦恼，"芒鞋踏遍"的入岭穿云之旅正是从量变到质变的自省过程。正是因为有了这一路辛苦修行，归来之时方才见到春在枝头，这"十分"便是功德圆满。

参禅，哪会"得来全不费工夫"？

插　秧　诗
五代　契此和尚

手把青秧插满田，低头便见水中天。
六根清净方为道，退步原来是向前。

契此和尚便是民间常说的布袋和尚。这个和尚不简单，从下田插秧的平常事中，他参透了为人处事的玄机：

低头。时常低头才能反观，才能自省，才能认清"水中天"不过是天的影像，而不是真实的天。自省的时候，我们才能认清什么是真实，什么是虚空。

六根清净。庄稼人认为，根须清净的秧苗方可长成稻。参禅之人则认为，眼、耳、鼻、舌、身、意这6种感觉器官（六根）如果清净了，即无色、无声、无香、无味、无触、无法，便能远离贪、嗔、痴的杂念，方能修成正果。

退步。插秧从来都是倒退着才能进行，这退是以退为进。

我们往往抬头做人，却不记得低头做事。不低头便不能冷静自省，不自省便辨不清镜花水月。贪嗔痴的烦恼都源自六根不净，庸人自扰。临事不争不抢，后退一步，收获的不只有海阔天高。

在布袋和尚看来，我们每个人每一天都在往自己的心田栽种秧苗。有人欢喜，有人苦恼，一切取决于各自的慧根。从某种意义上说，参禅是一场高级的智力游戏。这游戏带给我们的，不只有解出数学智力题般的成就感，也有脑筋急转弯时的恍然大悟。当然最迷人的，还是醍醐灌顶后的会心一笑。

戎马：一切就像是电影，比电影还要精彩

一直觉得，读唐人的边塞诗是一种特别的享受，凝练的字句背后往往隐藏着一部又一部超级精彩的战争大片。

出塞（其一）

唐 王昌龄

秦时明月汉时关，万里长征人未还。

但使龙城飞将在，不教胡马度阴山。

提唐人七绝，一定绕不开这首诗史级作品。

能够在一首绝句诗里轻松纵贯秦汉千年，横绝边关万里，王昌龄的"七绝圣手"美誉绝非浪得虚名。你看王昌龄在写诗，其实他在叙事，大唐自建立以来，与周边少数民族的战争

从未停歇，唐军神勇，屡建奇功；他又在写景，穿秦越汉，边关的夜色仍旧是一轮孤月；他更在咏史抒情，飞将军李广威震匈奴，大将军卫青奇袭龙城，汉军三战平定匈奴之乱，可是大唐的飞将军又在哪里？什么时候才能结束战争，实现国家的长治久安呢？

一首诗承载如此多的内涵，获封"唐人七绝压卷之作"，果然实至名归。

血　　战

这首《出塞》以大写意的铺陈深入人心，以至于另一首以工笔勾描展现战争场面的《出塞》黯然失色。

出塞（其二）
唐　王昌龄

骝马新跨白玉鞍，战罢沙场月色寒。

城头铁鼓声犹震，匣里金刀血未干。

这是典型的电影蒙太奇表现手法。

骅骝宝马配上白玉雕鞍，将士们威风凛凛地跨马出征。接下来的一幕却是战斗结束，凄冷的月光映照死寂的战场。耳畔仍旧能够听见咚咚的战鼓声，将士们还匣的金刀上血迹未干。

前后两个场景的巧妙拼接，完整讲述了一个叫作胜利的故事。玉鞍骝马是神，沙场月色是场，铁鼓声震是势，金刀滴血是气，四个意象构成有血有肉的 3D 版战争画面。

有人将这首诗归到李白名下，取名《从军行》。其实作者是次要的，关键是这首诗传递出来的忠勇之气，属于那个热血未冷的大唐时刻。

如果说《出塞（其二）》只是一段微视频，那么李贺则完完整整"拍摄"了一部战争大片。

雁门太守行
唐　李贺

黑云压城城欲摧，甲光向日金鳞开。

角声满天秋色里，塞上燕脂凝夜紫。

半卷红旗临易水，霜重鼓寒声不起。

报君黄金台上意，提携玉龙为君死！

中唐以后，藩镇割据问题严重，朝廷与藩镇之间战争不断，所以李贺选取了《雁门太守行》这一古乐府曲调名。雁门即著名的山西雁门关，但在这类曲调中，作者多借此表现征戍，而非特指在雁门关的战斗。

城下，敌军压境，来势汹汹；城上，军容严整，众志成城。战争进行时，我们只听到死寂一般的秋色里呜呜咽咽响起了鼓角声，这是惊心动魄的画外音。镜头再次切到鏖战之后的战场：满地的血迹黯然凝重——刚刚进行了一场怎样你死我活的城池保卫战？

黑夜里，一支偃旗息鼓的部队飞速驰援前方，已经悄无声息地接近敌军营垒易水——这不正是荆轲作别太子丹的易水吗？于是这场苦战显得格外壮怀激烈。夜寒霜重，战鼓竟然无法擂响，无声的战争更加惨烈。不远处的黄金台是当年燕昭王求贤所筑，今天每一位提剑冲杀的勇士，抱定的不正是一颗报效朝廷的丹心吗？

李贺是个不走寻常路的"导演"。他一改表现战争不宜过分浓艳的惯例，几乎句句都有鲜明的色彩：金色的铠甲、胭脂色的泥土和着夜的紫红，与黑云、秋色、剑的金属色等等交织在一起，构成色彩斑斓的画面。再加上呜咽的号角声，沉闷不响的鼓声，这场战斗显得有神、有形、有动、有静，凝重而雄奇，惨烈而真实。

奇诡的色彩搭配，妥帖的时间空间设定，这便是李贺思路的新颖和创作手法的老道。著名作家汪曾祺曾这样评价李贺诗里的色彩特色："别人的诗都是画在白底子上的画，李贺的诗是画在黑底子上的画，故颜色特别浓烈。"一语中的。

小时候读《三国演义》，第一个抓人的情节是"温酒斩华雄"，我主动背诵的第一首书中诗词便是：

威震乾坤第一功，辕门画鼓响冬冬。

云长停盏施英勇，酒尚温时斩华雄。

当时极为喜欢这首诗中气氛渲染和侧面描写的绝妙，后来才发现罗贯中可能在创作时做了王昌龄的徒弟。

从军行（其五）

唐 王昌龄

大漠风尘日色昏，红旗半卷出辕门。
前军夜战洮河北，已报生擒吐谷浑。

　　大漠戈壁，天昏地暗，一队唐军顶着风沙逶迤出营。他们要去哪里？执行一个什么样的任务？半卷的红旗于飞沙走石间显得格外渺小。正当我们在为这支部队的前途不断猜测之际，捷报传来：前军已在洮河初战告捷，生擒吐谷浑的首领。

　　一张一弛，使这首诗的故事情节跌宕起伏，既在意料之外，又在情理之中。恶劣天气下唐军敢于主动出击，源于过硬的实力和灵活的战术，所以前军的大捷才显得如此顺理成章。正是大漠风尘的险恶，才有了夜战洮河的跳脱和生擒吐谷浑的轻松。

　　每每读到这首诗，我总会想起淝水之战捷报传来时，谢安那句举重若轻的名言："小儿辈大破贼。"

雪　战

　　唐宪宗元和十二年（817 年）十月初十夜，风雪交加，在通往蔡州（今河南汝南县）的漆黑路上，8000 余名唐军冒雪急行军。军旗被寒风扯烂，冻僵的战马在雪地里来回踏步，不愿前行。全副武装的士兵奋力拉扯着缰绳，哟哟嗦嗦地催促战马赶路。

他们是随唐邓三州节度使李愬的部队。此番雪夜斩首行动的目标，是拥兵自重的淮西节度使吴元济。

全军急行 60 里，拿下蔡州附近的一个据点张柴村。之后趁夜取道一条人迹罕至的僻静小路，冒着风雪再度行军 70 里，硬是深一脚浅一脚地赶到了蔡州城下。

先锋营率先攀爬登城，直接把城楼值班的卫兵全部解决，并燃起预先约定的火号。随即大开城门，部队进城。

梦中惊醒的吴元济慌忙组织人马防守，为时已晚。勉强坚持到下午，竖白旗投降。

这便是著名的李愬雪夜进蔡州。此役意义非凡，彻底平定吴少诚、吴元济两代军阀割据 30 余年的淮西之乱，此后朝廷又陆续收复十二州，中唐以后的藩镇割据局面得到暂时缓解。

对于这场雪夜突袭战，诗人王建给出了传神的记录。

赠李愬仆射（其一）
唐　王建

和雪翻营一夜行，神旗冻定马无声。

遥看火号连营赤，知是先锋已上城。

130 里荒郊野外天寒地冻，8000 人马全副武装鸦雀无声。蔡州城上一团火光照亮夜空，也温暖了每一个将士冻僵的身体。胜利从来都是那一瞬间最美的焰火，而背后却是一路步履蹒跚，一番艰难困苦。

和张仆射塞下曲（其三）

唐 卢纶

月黑雁飞高，单于夜遁逃。
欲将轻骑逐，大雪满弓刀。

雪夜月黑，宿雁惊飞，这种异样的情形引出风吹草动：敌酋带着残兵败将仓皇出逃。唐军闻讯，派出一支轻骑部队前往追剿。集结之际，已是雪满弓刀。

这只是大唐边将戎马生涯的一个片段，倥偬苦寒；这只是塞外风光的一袭剪影，苍茫决绝；这只是英雄传奇的一段插曲，誓言无声。

雪夜，类似的传奇总在上演。

传　说

英雄史诗自然少不了英雄，每一个时代都有属于自己的英雄。

塞　下　曲

唐 李益

伏波惟愿裹尸还，定远何须生入关。
莫遣只轮归海窟，仍留一箭定天山。

东汉开国名将伏波将军马援曾有马革裹尸的名言，经营西域 30 年的定远侯班超年老时，多次上书皇帝，请求"但愿生入玉门关"。在李益看来，马援的心声值得赞扬，班超的请求多少有些儿女情长了。

只轮，战车的轮子，这里代指战车。《春秋公羊传》中记载，晋国当年大败秦国，"匹马只轮无反（返）者"。海窟，指的是西北内陆湖，代指敌军巢穴。不放敌人的一辆战车逃回瀚海老巢，这样的奇功还得仰仗当世的白袍将军薛仁贵。

唐高宗时，名将薛仁贵在天山迎战回纥铁勒的九姓突厥部众。面对阵前数十名骁将的挑战，薛仁贵连发三箭，射杀三将，其余敌将见状纷纷下马请降。薛仁贵顺势掩杀，一战功成。九姓突厥自此衰落，西北边患消除。

薛白袍固然可以三箭定天山，但是李益希望得胜的他能够留驻边疆，长保安宁。所谓雄汉盛唐，一脉相承的正是慷慨报国的英雄气概。

薛仁贵之后，突厥出身的名将哥舒翰也曾屡破吐蕃，以至于西部边陲有民谣《哥舒歌》：

北斗七星高，哥舒夜带刀。

至今窥牧马，不敢过临洮。

贾谊在《过秦论》里有云："（秦始皇）乃使蒙恬北筑长城而守藩篱，却匈奴七百余里。胡人不敢南下而牧马，士不敢弯弓而报怨。"而在唐朝，这个哥舒翰不用修长城，只需要带刀巡边，吐蕃便缩手止步不敢越过临洮。

李白曾经写诗称赞哥舒翰："丈夫立身有如此，一呼三军皆披靡。卫青谩作大将军，白起真成一竖子。"（《述德兼陈情上哥舒大夫》）在李白看来，大丈夫就应当像哥舒翰这样，登高一呼，三军披靡。在哥舒翰面前，名将卫青和战神白起都不值一提了。

当然，哥舒翰并非不世出的名将，他只不过是太平盛世一个比较勤勉的将军。"哥舒夜带刀"固然是诗歌史上一个经典的英雄形象，但真实的哥舒翰后来在灵宝之战惨败于安禄山。潼关失守后，他更是失节偷生，最终被安史叛军处死。

对于哥舒翰，李白后来也有了更客观的思考："君不能学哥舒横行青海夜带刀，西屠石堡取紫袍。"（《答王十二寒夜独酌有怀》）所谓的英雄哥舒翰曾以死伤六万唐军的惨痛代价，拿下仅五百吐蕃守军的石堡，并因此获得皇帝赐予的象征三品高官的紫袍。数万将士的鲜血成就了哥舒翰虚假的传奇，更麻醉了昏庸的皇帝。李白为此收回了曾经的点赞。

杜甫在《潼关吏》中也说："哀哉桃林战，百万化为鱼。谨嘱防关将，慎勿学哥舒。"提醒守关将士，千万不要像哥舒翰守潼关那样贸然进兵。别忘了桃林塞一仗，因为哥舒翰的无能，数万唐军沉尸黄河。

看来，沙场有风险，英雄须谨慎。

无　悔

英雄故事不一定都是以凯旋结尾，我们往往翻到的是末路悲歌。

陇西行（其二）

唐　陈陶

誓扫匈奴不顾身，五千貂锦丧胡尘。

可怜无定河边骨，犹是春闺梦里人。

一场恶战结束，五千锦衣貂裘的精锐部队全部战死西北边关。无定河边暴弃的累累白骨无人认领，他们还是闺中妻子夜夜思念的梦中人。

这是毫不知情的希望，这是担惊受怕的牵挂，偏偏这就是阴阳相隔的绝望，世间最大的痛苦莫过于此。血染疆场是壮烈，独守春闺是凄惨，一样的惊天地泣鬼神，痛不欲生。

这首诗常常让人联想起汉武帝时的李陵事件。飞将军李广之孙李陵因为主将的无能，率五千步卒深入险境，在浚稽山（在今蒙古国境内）遭遇匈奴八万骑兵围攻。李陵所部坚持八昼夜，歼敌万余，最终弹尽粮绝，李陵被俘，仅四百士兵生还。心灰意冷的李陵后来投降了匈奴。消息传回长安，汉武帝震怒之下，诛杀了李氏满门。太史公马迁也因此受到牵连。

关于李陵，历来褒贬不一。作为军人，他在极其不利的情况下竭力死战，坚守了自己的军人底线。他不是懦夫，但是败将，并且投降了匈奴，于是他之前所有的忠诚都被质疑。我只想说，死战浚稽山之时，李陵值得敬佩，受牵连被诛杀的他的妻子儿女值得同情。

征 人 怨
唐　柳中庸

岁岁金河复玉关，朝朝马策与刀环。
三春白雪归青冢，万里黄河绕黑山。

英雄也有怨气，英雄也会吐槽。

从东边的金河（即黑河）到西边的玉门关，边关的将士在千里边疆奔波征战，年复一年，单调困苦。暮春时节，塞外王昭君的青冢边仍旧白雪飘飞，滔滔黄河又绕过了黑山。

白雪青冢，黄河黑山，这便是征人眼里全部的春色。白、黄、青、黑四种单调的色彩组合出凄绝肃杀，荒凉寒苦。更要命的是，"岁岁""朝朝"他们都是一样的"复"与"绕"。

他们在吐槽，却吐得没有一个"怨"字。没有常见的喋喋不休，自怨自艾，呼天抢地，这便是英雄，连埋怨都如此荡气回肠。

心　愿

南园十三首（其五）
唐　李贺

男儿何不带吴钩，收取关山五十州。
请君暂上凌烟阁，若个书生万户侯？

　　这恐怕是李贺最著名的诗作了。他用两个问题点燃了万千男儿心中的热血。从军报国，建功立业，于国家实现安宁，于个人实现封侯，李贺给出了唐朝男子的最佳人生规划。

　　唐太宗曾命画家阎立本在凌烟阁绘制 24 位开国功臣的画像，表彰他们的功绩，凌烟阁功臣成为唐人励志的典范。但是李贺的说法过于绝对。凌烟阁 24 位功臣并非清一色的武将，排名第一的便是文臣长孙无忌。在这当中，武将 15 人，而书生出身的文臣则有 9 位。显然，书生也可以通过努力做到万户侯。当然在这首诗中，李贺只是想以投笔从戎的热情表达怀才不遇的激愤。

　　在唐朝，投笔从戎确实是大多数人的人生选择。

从　军　行
唐　杨炯

烽火照西京，心中自不平。

凌烟阁功臣画像

牙璋辞凤阙，铁骑绕龙城。

雪暗凋旗画，风多杂鼓声。

宁为百夫长，胜作一书生。

唐高宗永隆二年（681年），"初唐四杰"之一的杨炯跟随礼部尚书裴行俭征讨突厥。作为"随军记者"，杨炯记录下了赫赫军威。

边塞的烽火战报传到长安，壮士们已经热血沸腾。手持兵符（牙璋）的将帅辞别皇帝，先头部队已经火速赶到前线，围困了敌军的据点。激烈的战斗正在进行，阴沉的大雪模糊了军旗，呼啸的寒风夹杂着战鼓声在边地回荡。书生杨炯不由得感慨：宁可做一个统领百人的下级军官，也比像我这样的书生有出息。

杨炯也是采用了闪回的镜头画面。从边报入京跳跃到辞朝出京，接着便是围城激战。关于战争场面，他又选取了雪暗军旗和风杂鼓声，有声有色地加以刻画。没有煞有介事地熬制心灵鸡汤，而是通过真刀真枪的战争经历得出铿锵有力的结论：宁为百夫长，胜作一书生。

南宋初年，有人问岳飞："天下何时太平？"岳飞给出经典回复："文臣不爱钱，武臣不惜死，天下太平矣。"在重文抑武的宋朝，军人的血性的确打了折扣。所谓武臣不惜死，缅怀的正是唐时"提携玉龙为君死"的慷慨。

李贺在凌烟阁瞻仰那些出将入相的万户侯，感慨"男儿何不带吴钩"。后世明朝抗倭名将戚继光则在《韬钤深处》诗中道出了一个优秀军人的心声："封侯非我意，但愿海波平。"谁说武将没有文采？戚继光在这儿借用了周成王时关于天下太平的"海不扬波"的典故。

脑补一下这样的画面：晴朗的海边，风平浪静，水波不兴。耳边响起老狼的那首《晴朗》："一切就像是电影，比电影还要精彩。"这一刻的晴朗属于万里海疆，属于千万个横戈边塞、心怀天下的戚继光。

风物篇

楼：风景里的风景

　　被钢筋水泥的高层、超高层大楼包围的现代人，已经理解不了"楼"的中国文化内涵。

　　东汉许慎的《说文解字》里解释："楼，重屋也。""娄"有双层之义，"木"＋"娄"便是双层木屋。最初，我们的祖先并没有把楼定义为一个无限追求空间高度的巨无霸。标准的古楼应该是这样："西北有高楼，上与浮云齐。交疏结绮窗，阿阁三重阶。"（《西北有高楼》）高楼拔地而起，齐云接天。楼上有镂着花纹的木条、交错形成绮纹的窗格，四周还有高高翘起的阁檐，阶梯层叠多重。

　　这楼，是亭台楼阁的楼。

初唐的高楼

登鹳雀楼
唐　王之涣

白日依山尽，黄河入海流。
欲穷千里目，更上一层楼。

关于这首诗，似乎没有什么新鲜内容可以普及了。作为五言唐诗的 NO.1，这首诗连大洋彼岸的很多老外都能够张口背诵。

鹳雀楼位于山西永济城西的高阜之上，前瞻中条山，下瞰黄河，为当地登临胜地。常有鹳雀栖息于楼上，故此得名。自北周建楼以来，无数游客登楼远眺。只有当王之涣到来之时，这座楼才成为一个文化象征。

日暮时分，登楼的王之涣和其他人一样，看到了太阳落山，黄河入海。似乎再加上一个"剪刀手"姿势的自拍，这次登楼赏景的目的便可以圆满。

偏偏这是王之涣。他突发奇想："肉眼所及处不过百里，那么山的尽头还有什么？黄河入海之后又将流向何方？"欲知千里外的景致，请随我更上一层楼——无限遐想发人深省，哲思警句余韵悠长。

鹳雀楼不过3层，即便爬到楼顶，真的能目穷千里吗？别忘了"站得高，看得远"。高的，其实是心境；远的，其实是眼界。王之涣只不过灵机一动，把一个浅显的道理通过 4 句小诗以两两对仗的方式加以呈现。当山河万里与高楼远眺虚实互现之时，诗句不朽了，鹳雀楼不朽了，王之涣也不朽了。

灵　隐　寺
唐　宋之问

鹫（jiù）岭郁岧（tiáo）峣（yáo），龙宫锁寂寥。

楼观沧海日，门对浙江潮。

桂子月中落，天香云外飘。

扪萝登塔远，刳（kū）木取泉遥。

霜薄花更发，冰轻叶未凋。

夙龄尚遐异，搜对涤烦嚣。

待入天台路，看余度石桥。

据说唐中宗时，宋之问被贬到越州（今浙江绍兴）做长史。经过杭州时，他游览灵隐寺，留下了这首游记诗。

这首诗中的第三联"桂子月中落，天香云外飘"，堪称宋之问最著名的诗句，写尽金秋时节佛门圣地的幽深神秘。或许是这两句过于清逸秀美，掩盖了第二联的风头。

"楼观沧海日，门对浙江潮。"在灵隐寺的楼阁上眺望日出沧海，推开古老的山门，便能看到汹涌的钱塘江大潮，这是何等壮丽的景象！这一联的实景与下一联的虚景相互映衬，完美勾勒出古刹灵隐寺的奇丽。所以，我们只记住这几句经典，淡忘了原诗。

关于这两句诗还有一个流传颇广的传说。宋之问在寺中写诗，刚写了头两句便没了思路。这时走来一位白须老僧，交谈间宋之问觉得这是高人，但向老僧求教诗句。老僧稍加思索，吟出上面两句，宋之问拍手称绝。当晚，灵感被激活的宋之问在寺中完成了这首诗。次日天明再寻老僧，已不知其去向。问寺中其他僧人，得知他就是赫赫有名的骆宾王，因随徐敬业起兵反对女皇武则天，兵败后退隐佛门。

编故事的人脑洞确实够大，可惜经不住史实推敲。

骆宾王与宋之问原是老相识，两人曾有多篇诗文往来。骆宾王兵败 14 年后，宋之问曾在《祭杜学士审言文》中提道："骆（宾王）则不能保族而全躯。"显然，骆、宋之间没有这些小说情节。宋之问人品不端，后世对他的诗才也多有质疑。"楼观沧海日"两句在《灵隐寺》诗中格外雄壮清新，于是故事家们"找"来了骆宾王。

其实大可不必。宋之问的诗句和王之涣的诗句一样，鸣响的是时代的声音，吐纳的是大唐的气度，书写的是一群人的文化认同。所以，好诗出自宋之问，属于那个蓬勃向上的初唐年代。

楼上的李杜

千百年前，受建筑技术的限制，我们的祖先无法造出鳞次栉比的摩天大楼，但是每一位登楼的诗人心中都有一座高耸入云的高楼。

李白一生游历四方，登楼无数，留下诗句无数。在这当中，宣州是一个特别之地，人生最后 10 年，他曾 7 次流连此地。谢朓楼更是他每登敬亭山的必去之所。在这里，李白可以与偶像谢朓做一番隔空对话。

宣州谢朓楼饯别校书叔云
唐　李白

弃我去者，昨日之日不可留；
乱我心者，今日之日多烦忧。
长风万里送秋雁，对此可以酣高楼。
蓬莱文章建安骨，中间小谢又清发。
俱怀逸兴壮思飞，欲上青天览明月。
抽刀断水水更流，举杯销愁愁更愁。
人生在世不称意，明朝散发弄扁舟。

53 岁的李白近来一定十分郁闷，否则他也不会在全诗开头破空而出，突兀地连用两句 11 字的长句。弃我，那是昨日无情；留者，这是我心不舍。昨日今日接踵而至，岁月不居令人心烦意乱。

今天在谢朓楼上为族叔、散文家李云送行，酒酣耳热之际，李白的心情逐渐由抑郁苦闷转为旷达高扬。只有在高楼之上，才能领略长风万里的浩荡寥廓。只是断鸿声里，又要与故人依依惜别。

李白《上阳台帖》

李云任职秘书省校书郎，蓬莱、蓬阁就是秘书省的代指。李云文章刚健，有汉末建安文学的风骨。李白自比小谢（谢朓），诗才清新秀发。对于李云，对于自己，李白充满赞赏，逸兴遄飞间几欲直上九天揽月。他渴望奋发有为，渴望在理想世界里自由翱翔。

星空可以仰望，但脚踩的现实却一地鸡毛。与其他落魄文人的顾影自怜相比，李白连吐槽都铿然有声：抽刀断水，举杯消愁。当然，现实很无奈：水不断流，酒不消愁。那又能怎样呢？且看我散发弄扁舟——这就是李白，放浪不羁，我行我素，不服输，不绝望，雄情逸调，大开大合。

秋登宣城谢朓北楼
唐　李白

江城如画里，山晚望晴空。

两水夹明镜，双桥落彩虹。

人烟寒橘柚，秋色老梧桐。

谁念北楼上，临风怀谢公。

这个傍晚，李白独自一人登上谢朓楼。宛溪、句溪两水如镜，凤凰、济川双桥若虹，炊烟入橘林，深秋染梧叶。在一片如画的景致里，李白发问：谁还记得谢公？

南朝齐的建武年间，诗人谢朓出任宣城太守，在敬亭山上修建二层小楼一座，取名高斋。谢朓命薄，36岁便死于政治斗争，之后这座高斋也遭废弃。唐初，宣州人为纪念谢朓，在原址重建一楼，人称北楼、北望楼。

李白站在北楼之上临风远眺，江山如画，依旧是当年谢朓笔下的模样。谢朓出身高门大族，于政治争斗中起起伏伏。出任宣城太守，其实是仕隐的无奈之举。在他清丽清新清俊的山水诗背后，充满了彷徨郁闷。显然，这一刻李白与谢朓是隔世相望，心有戚戚。

北楼之上，秋风飒飒。李白眼前，两水双桥，千古常新，人烟老树，秋意孤寒。他在怀古，怀得苍凉旷远；他在对话，对得知音难觅。

因为这首诗，这座楼又名"谢公楼""谢朓楼"。

登　楼

唐　杜甫

花近高楼伤客心，万方多难此登临。
锦江春色来天地，玉垒浮云变古今。
北极朝廷终不改，西山寇盗莫相侵。
可怜后主还祠庙，日暮聊为《梁甫吟》。

李白登楼是因为"人生在世不称意"，希望可以"极目散我忧"。杜甫则是"万方多难""浮云变古今"。忧心忡忡的他透过楼外春色看到的，是大唐的隐患。

繁花触目，在杜甫眼里则是"感时花溅泪"。锦江和玉垒山的春色，不过是白云苍狗。面对朝廷的内忧外患，一介布衣的杜甫只能默默祈祷天佑大唐。真当国家有难时，救世的诸葛亮又在哪里呢？

杜甫登上的具体是哪座高楼，史书上没有记载，但这并不影响他感时抚事。老杜站在哪里，哪里便是家国天下。挟万方多难登楼，观天地春色，想古今浮云，念朝廷边关，这是怎样一种网罗古今、寄意深远的感受？

李白的愁，可以上天揽月，可以抽刀断水，可以散发扁舟，站在一个极高的境界上实现自我排遣。杜甫的愁，从近看到远，从古想到今，从自己推及天下。大唐日暮，耳畔似乎响起了葬歌《梁甫吟》，杜甫一声长叹。

李煜的小楼

对于亡国之君李煜而言，小楼是他仅存的领地。

临 江 仙
五代 李煜

樱桃落尽春归去，蝶翻金粉双飞。子规啼月小楼西，玉钩罗幕，惆怅暮烟垂。

别巷寂寥人散后，望残烟草低迷。炉香闲袅凤凰儿，空持罗带，回首恨依依。

从江南国主到阶下囚，李煜心中只有一个字——恨。

樱桃、蝴蝶、子规鸟，这几件活跃于春夏之交的花鸟，并非表达春怨，而是在暗示亡国。

《礼记·月令》有云："是月（仲夏之月）也，天子乃以雏尝黍，羞以含桃，先荐寝庙。"含桃即樱桃，是天子祭祀宗庙献上的果食。子规，即杜鹃鸟，传说古蜀国的望帝杜宇禅位后隐居山中，死后化作杜鹃鸟。每逢春季不停哀鸣，血染杜鹃花。李煜的樱桃落尽，又闻子规啼月，这不仅是春尽，更是他的国殇。所以王国维先生说："后主之词，真所谓以血书者也。"

囚居汴梁的李煜举目四望，望穿秋水也不见昔日江南的繁华，代之以寂寥人散，烟草低迷。小楼之上，高处不胜寒。炉烟袅袅间，他有些迷离。往事如昨，李煜在恨自己，恨群臣，还是恨大宋？

相 见 欢
五代 李煜

无言独上西楼，月如钩。寂寞梧桐深院锁清秋。

剪不断，理还乱，是离愁。别是一般滋味在心头。

这首词格外著名，被今人谱上新曲做成了流行歌曲，以至于当年街头巷尾响起的都是邓丽君版的《相见欢》。可惜的是，邓丽君悦耳动听的歌声里只有痴男怨女的离愁，缺了山河故国的深刻。

这首词的上阕极富画面感：李煜默默无语，独自登楼，寂寞碎了一地。天上，缺月如钩，照应他的孤独。院中，清秋时节的梧桐树上只余几片残叶。更要命的是，所有这些可怜虫都被锁在高墙深院当中。一个"锁"字，禁锢了楼上楼下，院里院外。

亡国之痛，被俘之恨，幽禁之愁，裹挟在一起，带给李煜的就是一种莫可名状的惆怅迷惘凄凉之感。没有呼天抢地，没有撕心裂肺，只有欲哭无泪，欲说无言，"别是一般滋味"。

在李煜的词作中，这首词受欢迎程度极高。究其原因，除了词意精彩，李煜在音韵处理上也匠心独运：他在下阕过片处插入了两个仄声韵"断"和"乱"，加强了顿挫的语气，似断似续；同时在三个短句（剪不断，理还乱，是离愁）之后又接以九言长句（别是一般滋味在心头）收尾，铿锵间更显韵律美，读来极富沉郁之气。

从"高楼谁与上？长记秋晴望"到"独自莫凭栏，无限江山"，再从"凤阁龙楼连霄汉，玉树琼枝作烟萝，几曾识干戈"到"小楼昨夜又东风，故国不堪回首月明中"，小楼是昔日君主李煜最后的城堡，这里有故国故人故事等他感悟。国破家亡的惨痛现实惊醒了他，以至于"词至李后主而眼界始大，感慨遂深，遂变伶工之词而为士大夫之词"（王国维语）。国家亡了，李煜涅槃成为一代词宗。

但他毕竟是阶下囚徒，胜利者不容许他在这里抚今追昔，哪怕只是一座无险可守的空楼。降宋三年之后，传说李煜因词生祸，被宋太宗毒死，那一天距离他的 42 岁生日还有两天。

楼上的宋人

蝶 恋 花
北宋 晏殊

槛菊愁烟兰泣露，罗幕轻寒，燕子双飞去。明月不谙离恨苦，斜光到晓穿朱户。

昨夜西风凋碧树，独上高楼，望尽天涯路。欲寄彩笺兼尺素，山长水阔知何处？

因为王国维先生在《人间词话》里提到"三种境界"说，所以晏殊的"独上高楼"人所共知。

清晨，楼外秋菊笼烟，兰花沾露，仿佛照应词人的哀愁。罗幕间一缕轻寒袭来，一双燕子飞过，孤冷之意渐浓。

回想昨夜月照朱户，无眠的他坐听西风摧树。于是在这个清晨，登楼远眺。惆怅苦闷中的凄然一望，由狭小的庭院投向苍茫的天涯，虽然是婉约词，虽然是伤离怀远的主题，但是晏殊不走寻常路，平添了寥廓高远之气。

天涯太远，但借音书传情。彩笺有情，尺素有意，可是在这山长水阔茫茫人海中，哪里找一个确切的收信地址呢？这不禁让我们想起晏殊的另一声叹息："满目山河空念远。"（《浣溪沙》）

在晏殊的词中，高楼是孤独的见证，惯看风月花鸟；高楼是词人的千里眼，看得见天涯，却寻不着天涯人。

一 剪 梅

北宋 李清照

红藕香残玉簟秋，轻解罗裳，独上兰舟。云中谁寄锦书来？雁字回时，月满西楼。

花自飘零水自流，一种相思，两处闲愁。此情无计可消除，才下眉头，却上心头。

晏殊的心情，新婚的李清照完全理解。

残荷剩香，玉簟（竹席）初凉，她独上兰舟（关于兰舟，历来有两种解读，一指船，一指床。其实这句的重点不在"兰舟"，而在"独"）。百无聊赖中，李清照仰望云天，期盼过往的雁阵能够捎来远方丈夫的书信。接下来镜头推远，西楼之上，孤女独坐，窗外，圆月当空。

玉簟太凉，秋夜太凉，月光太凉，西楼上的李清照心凉如水。落花有意，不舍；流水无情，难留。分居两地的夫妇因思念而生闲愁，两处闲愁却又同样心心相印。最默契的相思莫过于心有灵犀，而最郁闷的心有灵犀却是遥不可及。所以这边刚刚展开深蹙的眉头，那边一丝隐忧却又悄悄涌上心头。

古代女子的闺房大多在二层小楼之上，美人西楼独坐的情景曾在无数个夜里重现。李清照的高明在于，她在司空见惯的小楼上吞梅嚼雪，不识人间烟火，却又在一蹙一颦之际锁定相思，一端牵住眉梢，一端系在心间。走心的词作当然走红。

临安春雨初霁

南宋 陆游

世味年来薄似纱，谁令骑马客京华。

小楼一夜听春雨，深巷明朝卖杏花。

矮纸斜行闲作草，晴窗细乳戏分茶。

素衣莫起风尘叹，犹及清明可到家。

那年早春，62 岁的陆游奉诏入京，接受严州（今浙江建德）知州的任命。在等候孝宗皇帝召见的日子里，他在西湖边的客栈闲居，写字品茶消磨时光。向往刀剑疆场的陆游与临安的安逸庸碌格格不入，他渴望赶紧启程离京。

这首诗最大的亮点是颔联两句。陆游独卧小楼之上，春雨淅沥，敲打着他的无眠；次日清晨江南小巷里的卖花之声，既是报春，更是喜春，而在陆游听来，却是伤春。

隽永清新的诗句背后，是一个老人的无奈：春雨如丝，正如陆游心头难解的国事家愁，因此彻夜难眠。清晨深巷里，伴着花童一声清脆的叫卖声，雨后的杏花格外娇艳——这就是"杏花春雨江南"。但是在这明丽生动的景色背后，是陆游那颗向往"铁马秋风冀北"的不老雄心。对于这样一个爱国诗人，江南的春色越安逸，他的报国志向便越强烈。置身如画的临安，陆游如坐针毡。

陆游很苦恼，我们很欣慰。正是他的彻夜难眠，成就了最经典的江南春景：小楼听雨，春雨杏花，深巷卖花。

有情有景，有声有色，有静有动。

据说，这首百无聊赖中完成的吐槽诗传到宫里，孝宗皇帝对"小楼"二句格外欣赏。接见陆游时说："严陵（即严州）山水胜处，职事之暇，可以赋咏自适。"面对皇帝眼里"闲散诗人"的人设，陆游一时语塞。

关于楼的古诗词意象解读，见仁见智。现代诗人卞之琳的名作《断章》或许就是一个精彩的注脚：

> 你站在桥上看风景，
> 看风景人在楼上看你。
> 明月装饰了你的窗子，
> 你装饰了别人的梦。

唐诗宋词的断章里，"楼上帘招"；"月明人倚楼"的风雅间，唐风宋韵尽显。楼与周遭，你中有我，我中有你；楼与岁月，喜极而泣，悲欣交集。

杨柳：那年，那人，那树

　　小时候读诗，以为柳树、杨树和杨柳是 3 种不同的植物。直到初中学了生物，我才明白杨树是杨树，柳树和杨柳其实是一种植物。而在诗文里，与其说杨柳是植物，不如说它是文人的 Facebook（社交网站"脸谱"），写满了心事。

《诗经》里的 NO. 1

　　《世说新语》里记载，东晋名臣谢安有一次与家中子侄谈诗论文。谢安提问："《毛诗》何句最佳？"侄儿谢玄（他便是后来指挥淝水之战的名将）回答："昔我往矣，杨柳依依。今我来思，雨雪霏霏。"叔叔谢安给出自己的答案：

"訏（xū）谟（mó）定命，远猷（yóu）辰告。"他的理由是，这句话偏有"雅人深致"。

"訏谟定命，远猷辰告（有伟大的计划就定为号召，有远大的政策就随时宣告）"这8个字怎么看怎么让人觉得是在讲政治、喊口号，何来雅人深致？但是想想这样的口吻出自官僚谢安，就不奇怪了。

我们大多数人应该更赞同年少的谢玄的选择。

"昔我往矣，杨柳依依。今我来思，雨雪霏霏。"是《诗经·小雅·采薇》的结尾，也是最经典的4句。所谓采薇，即挖野菜。周懿王时，王室衰微，戎狄侵扰，于是戍卒应征离家征战。此诗作于百战归来，还家之际。

昔时"杨柳依依"，应征的青年在大好春光里与亲人分别，依依不舍；今日"雨雪霏霏"，面对满天风雪漫漫归程，老兵扪心自问：莫知我哀？

从往到来，不知重复了多少暑往寒来；从家园到战场，再从战场回归家园，其间又经历了多少刀光剑影；从春到冬，分不清相思之切与报国之重，哪个更多。那年我为什么要往？如今我归向哪里？那年我带走了什么？如今我所剩几何？泥泞路上，跌跌撞撞的老兵发现："昔我往矣""今我来思"，一往一来，便是一生。

折不断的柳

被后世记下的，还有"杨柳依依"。

柳者，留也。离别之际，杨柳便是感情的见证。杨柳依依，不舍之间留下的是思念，缠住的是回忆。

忆秦娥

箫声咽，秦娥梦断秦楼月。秦楼月，年年柳色，灞陵伤别。

乐游原上清秋节，咸阳古道音尘绝。音尘绝，西风残照，汉家陵阙。

关于这首极精彩的词作作者，一直争议极大。于是，大家就把它记到了李白名下。秦娥者，据说是秦穆公的女儿弄玉，善吹箫。

一钩残月，箫声呜咽，秦楼之上的女子长夜难眠，醒时做梦。那年灞陵伤离别，杨柳依依。如今年年柳绿，却不见离人归来。长安城外的休闲胜地乐游原上，女子独立清秋，身旁古道寂寂，只余几座前朝陵阙，耳畔西风飒飒，眼前残阳如血。

在这首"以气象胜"（王国维语）的经典词作中，令人记忆犹新的是离情：年年柳色，灞陵伤别。

灞陵，原是汉文帝刘恒的陵寝，因为临近灞水，又作灞陵。当年这里是送别的最佳场所：灞水之上有石桥一座，曰灞桥，为关中交通要冲。灞桥两岸"筑堤五里，栽柳万株，游人肩摩毂（gǔ）击，为长安之壮观"。灞水，灞桥，灞陵亭，灞桥柳，留住多少走心故事和动人诗句。

　　李白也曾在灞陵送别友人，留下"送君灞陵亭，灞水流浩浩"（《灞陵行送别》）的名句。但是，他的小诗《劳劳亭》更值得我们咀嚼：

> 天下伤心处，劳劳送客亭。
> 春风知别苦，不遣柳条青。

　　这座劳劳亭始建于三国，在今天江苏南京的西南。劳，在古代同"辽"，含辽远之义，"劳劳"便是古人的送别寄语。劳劳亭自然就是当年金陵著名的送别场所。

　　李白很直接，开篇便点明，天下最伤心的地方，就在这送客的劳劳亭。言外之意，天下最伤心之事便是送别。虽然言简意赅，但似乎到这里该说的话都已说完，可能要就此煞尾了。此时李白看到了枝上柳条未青，无柳可折，于是奇思妙想引出神来之笔：春风有意，感念人间的离别之苦，故意没有劲吹柳枝，延迟了柳树吐绿的时间。

　　于杨柳，这是无情；于离人，却是有情。

　　能和李白一样读懂春风意思的，是李商隐。

离亭赋得折杨柳二首
唐　李商隐

其一

暂凭尊酒送无憀（liáo），莫损愁眉与细腰。

人世死前唯有别，春风争拟惜长条。

其二

含烟惹雾每依依，万绪千条拂落晖。
为报行人休尽折，半留相送半迎归。

在第一首诗当中，李商隐举杯劝慰爱人因离别而无憀（无聊）的愁苦。他发现，送别的客人都不忍折损杨柳的枝叶。这时他给出了不同于李白的解读：即便春风有情，也不会因为爱惜长长的柳条，而不让满怀离愁别恨的人们折柳相送。在李商隐眼里，春风依旧善解人意。

第二首诗中，他再出妙语。杨柳依依可人，所以莫要折尽枝条，留下一半，为了不久之后的归来。杨柳有情折送离人，更要留下几枝恭迎归客。

神曲《折杨柳》

凉州词
唐 王之涣

黄河远上白云间，一片孤城万仞山。
羌笛何须怨杨柳，春风不度玉门关。

春夜洛城闻笛
唐　李白

谁家玉笛暗飞声，散入春风满洛城。

此夜曲中闻折柳，谁人不起故园情。

　　玉门关的戍卒于黄沙戈壁间听到羌笛吹奏的《折杨柳》，由乡思而生离恨。客居洛阳的李白在客栈隐约听到《折杨柳》，不觉乡思萦怀。这神曲缘何有如此大的魔力？

　　《折杨柳》源自北朝民歌《折杨柳歌辞》。南北朝时北方流行一种横吹曲，脱胎自马上演奏的军乐，因演奏的乐器有鼓和号角，故名"鼓角横吹曲"。横吹曲曲目众多，其中最著名的便是这首《折杨柳歌辞（其一）》：

上马不捉鞭，反折杨柳枝。

蹀（dié）座吹长笛，愁杀行客儿。

　　原来，北地的送别与南朝一样，折柳相送。能歌善舞的主人还要席地蹀座（盘腿而坐），亲自吹笛送别客人。

　　有人解释，这长笛实为柳笛。主人上马折下柳枝后，选取手指粗细、四寸长短的一段，用巧劲揉搓，抽掉当中的柳枝，留下完整的柳树皮，然后在一端用刀刮出一个环形的吹嘴，柳笛便做好了。

　　北地民风淳朴，就地取材的柳笛挟着枝头的青涩，将

《折杨柳歌辞》原汁原味地倾倒出来，远行的客人早已泪如雨下。

关于《折杨柳》，南朝萧梁的简文帝萧纲有过精准解读："曲中无别意，并是为相思。"

淮上与友人别

唐 郑谷

扬子江头杨柳春，杨花愁杀渡江人。
数声风笛离亭晚，君向潇湘我向秦。

郑谷的送别场景颇具典型性：王维曾对着渭城客舍外的棵棵新柳，招呼出使安西的元二："劝君更尽一杯酒，西出阳关无故人。"（《送元二使安西》）刘禹锡也曾在夕阳时分，于酒旗风中感叹："长安陌上无穷树，唯有垂杨绾别离。"（《杨柳枝辞九首》）柳永更是在都门帐饮之际，与情人"执手相看泪眼"，身旁"杨柳岸，晓风残月"。但是他们都不及郑谷的构思之妙，语气之绝。

全诗的主要内容其实就是"君向潇湘我向秦"，偏偏郑谷为了这一句道别做足了铺垫：江头春晚，杨花柳丝，离亭把盏，风笛咏别。扬子江、杨柳、杨花，同音字回环往复，于清爽流利间吟出清逸之气。正当笛声渐起，离愁别绪的燃点即将引爆之际，两位老友停盏起身，互道珍重，各奔前程。就是这般戛然而止，就是这般决绝慷慨，就是这般一挥手，即是天涯。

闺　怨

唐　王昌龄

闺中少妇不知愁，春日凝妆上翠楼。

忽见陌头杨柳色，悔教夫婿觅封侯。

王昌龄的这首诗颇似一部小小说。

闺中少妇吃穿不愁，似乎没有烦恼。某日当她刻意装扮登楼赏春之时，于无边春色中瞥见道旁杨柳青青，少妇的心被深深刺痛了。她哪里是无愁，只不过强装不知罢了。为了"功名只在马上取"，丈夫辞家征战，三千里外觅封侯。独守空房的她只不过习惯了这年复一年的寂寞。眼前春光无限，少妇愁深似海。但见杨柳年年新绿，哪知红颜岁岁易老。她悔啊：没有真真切切的朝夕相伴，那些外人眼里虚头巴脑的紫袍金带又有何用！

杨柳是整个剧情的转折点，不仅点破了少妇的愁思，更催化了她对送夫出征的悔意。原来，杨柳牵扯的也有思念的藕断丝连。

江　边　柳

唐　雍裕之

袅袅古堤边，青青一树烟。

若为丝不断，留取系郎船。

别人折柳赠别，雍裕之笔下的女子却没有攀折柳枝，而是希望绵绵柳丝能牵系住情人即将离岸的船儿，两人不再分离。江上船行，江柳如烟，郎舟待发，柳丝拂舟。因为情重，所以景美；因为情重，所以愁深。一生科举不第、江湖飘零的雍裕之久历悲欢离合，深谙离歌无言，只有柳丝方能化弦弹拨。

联想起20多年前满大街"妹妹你坐船头，哥哥在岸上走"的聒噪之声，真心让人觉得，没文化真可怕。

此花非花

《中国诗词大会》带火了"飞花令"。当孩子们乐此不疲玩着对诗游戏时，却不知"飞花"非花，而是柳絮。

寒　食

唐　韩翃

春城无处不飞花，寒食东风御柳斜。
日暮汉宫传蜡烛，轻烟散入五侯家。

清明前的寒食日，长安城里东风劲吹，柳絮纷飞。一直很好奇，唐朝的祖先不怕柳絮过敏，并且出门自带口罩吗？反正"春城无处不飞花"一句吟出来，我的眼睛不花了，鼻子不痒了，嗓子也不难受了。接着，韩翃巧借汉宫传烛的典故，以轻灵跳脱的笔触极其巧妙地讽刺了一帮达官显贵。

诗人有意，读诗的人却看不出名堂。没有咽喉炎的德宗皇帝只从字面看到皇城春色便爱不释手，每逢酒令之时，都以"春城无处不飞花"开头。久而久之，这文酒令便改名"飞花令"。

曾是"大历十才子"之一的韩翃空有满腹经纶，赋闲长安 10 年，偏偏因为这首诗意外得到皇帝青睐入朝为官，最终在花甲之年实现了教科书式的人生逆袭。这一例大器晚成也算是无心插柳吧。

少年游·润州作代人寄远

北宋　苏轼

去年相送，余杭门外，飞雪似杨花。今年春尽，杨花似雪，犹不见还家。

对酒卷帘邀明月，风露透窗纱。恰似姮娥怜双燕，分明照、画梁斜。

那年苏轼做杭州通判，因赈济灾民而前往润州（今江苏镇江）、苏州、常州多地，直到次年才回到杭州。有感于行役之苦，苏轼以"代人寄远"的形式，假托妻子在杭州思念自己，以此表达自己的思归心切。

去年送别时，大雪纷飞，夫妻俩挥手告别；今年春尽之际，杨花似雪，妻子却不见丈夫归来。飞雪与杨花互为比喻，经冬历春又是一年，一样洁白一样纷乱，恰似离愁。

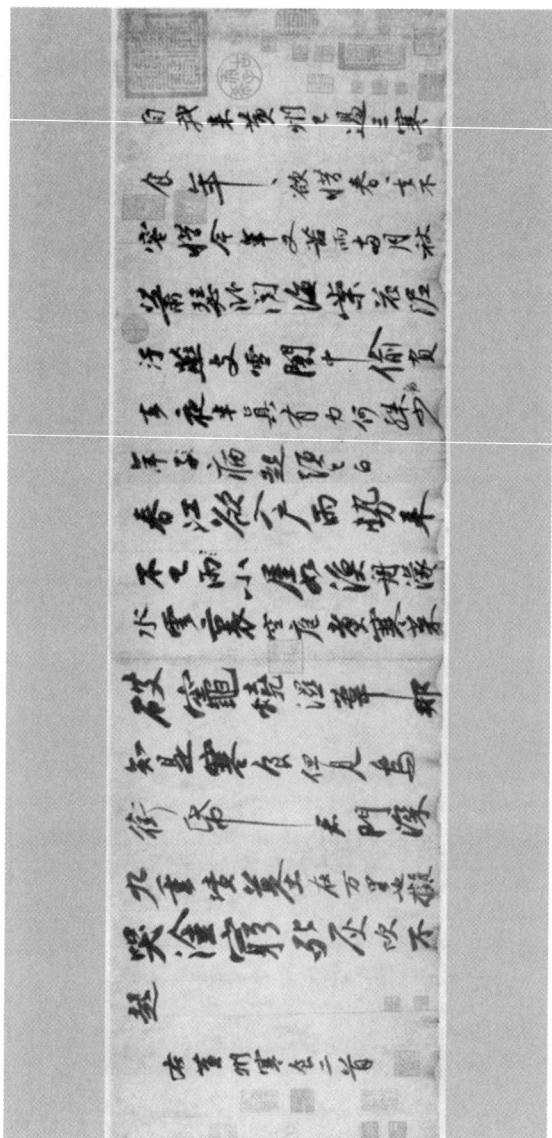

天下第三行书：苏轼《黄州寒食帖》

长夜月凉，风过西窗，独饮闷酒的妻子望见画梁上的鸟巢，里面双燕双栖。

虽然南朝萧梁的诗人范云早有诗云："洛阳城东西，长作经时别。昔去雪如花，今来花似雪。"（《别诗二首》其一）但苏轼毕竟是苏轼，当"雪"舞成"飞雪"，当花明确为"杨花"，分别便不再呆板，思念也更加动人。苏轼说，这叫杨花胜雪。

浣　溪　沙
北宋　秦观

漠漠轻寒上小楼，晓阴无赖似穷秋。淡烟流水画屏幽。
自在飞花轻似梦，无边丝雨细如愁。宝帘闲挂小银钩。

苏轼眼里，杨花共白雪齐飞。秦观笔下，飞花与细雨如梦。在柳絮与细雨编织的画面里，梦与愁恍惚了。飞花缘何自在？因为花本无情。丝雨怎的无边？因为雨恨云愁。于是，帘外景愁，帘内人愁。

一般认为，春愁不比秋愁深重。可是在秦观这里，轻寒孤寂的春日却是最难挨的时段。作为公认的"古之伤心人"，秦观的爱与愁自然、自行、自己，没有刻意、造作。春阴寒薄，淡烟流水，小楼画屏，情与景，人与境，严丝合缝浑然一体。怪不得后人评价："他人之词，词才也；少游（秦观的字），词心也。得之于内，不可以传。"

树犹如此

文人多是杨柳的粉丝。

爱菊的陶渊明也在自家门前种下五棵柳树，自号"五柳先生"。

柳宗元做柳州刺史时躬身植树，于是便有了"柳州柳刺史，种柳柳江边"（《种柳戏题》）的佳话。

同为"唐宋八大家"的欧阳修任扬州知州期间曾修建平山堂。"手种堂前垂柳，别来几度春风。文章太守，挥毫万字，一饮千钟。"（《朝中措·平山堂》）杨柳＋春风＋万字文章＋千钟好酒，便是六一居士的自画像。

杨柳之于武将，更添英武。

成语"百步穿杨"中的"杨"便是柳叶。《战国策》里记载："楚有养由基者，善射，去柳叶百步而射之，百发百中。"杨柳是神射的见证。

西汉初年，汉文帝视察驻扎在咸阳西南细柳的周亚夫部队，对该部的军容严整、军纪严明大加赞赏。"细柳营"自此声名远播。后世唐末晋王李克用曾赠给大将周德威一副名联："柳营春试马，虎帐夜谈兵。"自此周姓军人皆以此联自勉。

当年左宗棠率军西征收复新疆之时，深感大漠沿途气候干燥，于是命人在大道沿途、宜林地带和近城道旁遍栽杨树、柳树和沙枣树，名曰道柳。后人为感念左氏收复疆

土、植树造林的功绩，称之为"左公柳"。正所谓"新栽杨柳三千里，引得春风度玉关。"（《恭诵左公西行甘棠》）

勤政楼西老柳

唐　白居易

半朽临风树，多情立马人。

开元一枝柳，长庆二年春。

唐玄宗开元八年（720 年），勤政楼在兴庆宫西南拔地而起。唐宪宗元和十四年（819 年），勤政楼重修。3 年后（长庆二年，822 年），51 岁的白居易在勤政楼前独对这些百年前种下的柳树。是半百之人感慨半朽之木，还是半朽之木抚慰半百之人？其实在白居易眼中，老柳斑驳的树干就是自己的苍颜华发。

从"开元"到"长庆"，百年间大唐走过盛世，历经坎坷。繁华梦后了无痕，只有垂柳依依，默数沧桑。

唐宪宗元年（806 年），35 岁的白居易与卜 60 句、840 言惊世之作《长恨歌》。16 年过去，白居易口占一绝，于一枝柳上定格一个盛世的背影。

白居易也许记得桓温的慨叹。

当年，东晋大司马桓温北征经过金城（今江苏句容），看到自己做琅琊内史时栽种的柳树已经是十围之木。桓温攀着柳枝，泫然流泪："树犹如此，人何以堪！"

有再三北伐的雄心，却无力挽狂澜的才能；有弄权僭越的野心，却无顿纲振纪的魄力，所以志大才疏的桓温方才生出如此慨叹。曾经放言"既不能流芳后世，不足复遗臭万载邪"的他，不过是庸碌朝廷于一群矬子里拔出来的将军，既不能轰轰烈烈地流芳百世，也没有人人唾弃地遗臭万年，注定只是历史长河中的无名小卒。

桓温去世 100 余年后，南朝文学家庾信在名篇《枯树赋》的最后写道："昔年种柳，依依汉南。今看摇落，凄怆江潭。树犹如此，人何以堪。"一样的树，因为不一样的主角，有了不一样的情怀；一样的感叹，也因为不一样的境遇，殊而不同，高下立见。

都城：长安！洛阳……金陵？

城市如人，经历的越多，越会聊天。如果遇上曾经的都城，便可以摆龙门阵了。我以为，长安、洛阳，还有金陵，都是可以夜雨对床聊到天明的。

长安有风

去长安的途中，手机里单曲循环的应该首选郑钧的《长安长安》："生命没有了，灵魂他还在。灵魂渐远去，我歌声依然……"

和贾舍人早朝大明宫之作

唐　王维

绛帻鸡人报晓筹，尚衣方进翠云裘。

九天阊阖开宫殿，万国衣冠拜冕旒。

日色才临仙掌动，香烟欲傍衮龙浮。

朝罢须裁五色诏，佩声归到凤池头。

提起长安，我们总会联想到所谓汉唐气象；脑补汉唐气象时，我们脱口而出的便是"九天阊阖开宫殿，万国衣冠拜冕旒"。

这是标准的大唐早朝实录：头戴红巾的卫士在宫门前做着鸡鸣报晓，尚衣局的官员为皇帝献上绣着翠云的裘皮大衣。殿宇宫门层层叠叠如同天门次第打开，深邃奇伟。各国使节齐齐拜倒在丹墀之上，朝见大唐天子，肃穆庄严。旭日照临殿堂，皇帝的仪仗已经排列整齐，御炉里紫气袅袅，轻烟缭绕着天子的衮龙袍。早朝结束，中书省的官员们忙着用五色纸草拟皇帝的诏书。

什么是大国姿态？什么叫雄汉盛唐？或许这是最直观的呈现。

值得注意的是，这首诗作于唐肃宗乾元元年（758年）春天，此时唐朝仍深陷安史之乱的泥潭。半年前，唐军刚刚从叛军手中收复长安。而王维在叛军攻占长安后，被迫出任过安禄山的给事中伪职，还朝之后他想方设法为自己辩解，最终没有被朝廷追责。

劫后余生的长安，晚节尴尬的王维，使得这首吟咏大唐气派的名作平添了几分唏嘘意味。大明宫里还有多少不足为外人道的隐私？

忆江上吴处士

唐　贾岛

闽国扬帆去，蟾蜍亏复圆。

秋风生渭水，落叶满长安。

此地聚会夕，当时雷雨寒。

兰桡殊未返，消息海云端。

贾岛未中进士前在长安结识了一位隐居不仕的朋友吴处士，后来吴处士坐船去了福建，思念朋友的贾岛写下了这首诗：当初送别晚宴时，窗外雷雨交加。如今秋风从渭水吹来，长安城满地黄叶。你的船儿还没有返回，你的消息远在天边。掐指一算，咱们分别之后已经几度月圆月缺。

颔联"秋风生渭水，落叶满长安"二句可能是贾阆仙最好的诗句，描绘的也是长安城最经典的一幅画面。秋风落叶，长安人秋，亦是大唐人秋。这是写景，更是抒情。

《新唐书》记载，贾岛因为这两句诗还蹲过一夜班房。

贾岛的创作灵感常常迸现于马路当间。这天他骑着毛驴走过长安街头，只见"秋风正厉，黄叶可扫"，贾岛灵感一闪："落叶满长安。"他冥思苦想，希望凑足一副完整的联句，不想挡住了京兆尹（长安市长）刘栖楚的车队。这位刘市长可不像韩愈韩市长那样帮他解诗、改诗，而是不由分说地将他抓了起来，直到第二天才释放。

要知道这个刘栖楚可是贾岛的老相识。显然，长安城里的官儿并非都像韩愈那样爱才惜才。

关于这两则当街冲撞官员车队故事的真实性，后世多有质疑。我倒觉得，韩愈的故事太过温暖，刘栖楚的故事则更像官场的 Style（风格）。

金乡送韦八之西京

唐　李白

客自长安来，还归长安去。
狂风吹我心，西挂咸阳树。
此情不可道，此别何时遇？
望望不见君，连山起烟雾。

在山东金乡，浪迹江湖的李白遇到了准备回长安的老友韦八。他说自己在送朋友，我看他是在忆长安。

"客自长安来，还归长安去。"开头便充满了羡慕：你从长安出来，我也是打长安出来的。你要回京了，可我却回不去。"狂风吹我心，西挂咸阳树"两句非常著名。咸阳，这里是行文上避免重复，指的就是长安。狂风骤起，把我的心吹到西京的树上了。"挂"字用得很妙，既指悬挂，又有牵挂、挂念之义。送别之时可能起风了，但怎么会吹起如此强劲的狂飙？此非风动，是李白的心动，李白渴望重返长安，重入宫阙。

在《送蔡山人》中，李白曾吐槽："我本不弃世，世人自弃我。"活脱脱一副俗世虐我千百遍，我待俗世如初恋的花痴模样。李白从来都没有放弃入世的念头，哪怕在他咬牙切齿地骂着"安能摧眉折腰事权贵，使我不得开心颜"（《梦游天姥吟留别》）的时候。

于是，李白也唱起了郑钧的《长安长安》："我生来忧伤，但你让我坚强，长安，长安……"

洛阳荒丘

虽然历史上洛阳和长安是建都频率最高的两座古城，甚至在汉唐时期互为东西二京，但是在格局上洛阳总体要弱于长安。或者说，洛阳有点像帝国的政治文化副中心。

《周易》当中有句名言："河出图，洛出书，圣人则之。"圣人指的是我们的祖先伏羲氏。传说曾经有龙马出现在黄河中，背负"河图"；有神龟从洛水出现，背负"洛书"。伏羲根据"图""书"画出八卦，后来周文王依据伏羲八卦推演出文王八卦和六十四卦，并分别写出爻辞。

河图与洛书便是历史上两幅神秘的图案，历来被认为是河洛文化的滥觞。而以洛阳为中心的河洛文化，就是中华文化的主流。洛阳雄踞"天下之中"，是为"中国"。

原来，洛阳的历史底蕴丝毫不逊长安。

古诗十九首·青青陵上柏

东汉　佚名

青青陵上柏，磊磊涧中石。

人生天地间，忽如远行客。

斗酒相娱乐，聊厚不为薄。

驱车策驽马，游戏宛与洛。

洛中何郁郁，冠带自相索。

长衢罗夹巷，王侯多第宅。

两宫遥相望，双阙百余尺。

极宴娱心意，戚戚何所迫？

这首东汉无名氏所著的洛阳游历诗，散发着洛阳的繁华与奢靡：城里热闹非凡（洛中何郁郁），达官显贵相互探访（冠带自相索）。大路边夹杂着小巷子（长衢罗夹巷），随处可见王侯交错的豪宅（王侯多第宅）。南北两宫遥遥相望（两宫遥相望），宫门两侧的阙台高有百余尺（双阙百余尺）。

虽然全诗充满了对豪门富贵的不满和担忧，但至少从字面上，我们还是看到了洛阳当年的都城气派。

送应氏（其一）
魏 曹植

步登北邙阪（bǎn），遥望洛阳山。

洛阳何寂寞，宫室尽烧焚。

垣墙皆顿擗（pǐ），荆棘上参天。

不见旧耆老，但睹新少年。

侧足无行径，荒畴不复田。

游子久不归，不识陌与阡。

中野何萧条，千里无人烟。

念我平常居，气结不能言。

211年，曹植随父亲曹操西征马超。路过洛阳时，见到"建安七子"之一的应场（yáng）和他的弟弟应璩（qú）。临别之时，曹子建写下两首《送应氏》。

经历了董卓之乱的洛阳已是另一番衰朽之象：昔日"洛中何郁郁"，今天"洛阳何寂寞"：宫室尽烧焚，墙壁坍塌裂坏（垣墙皆顿擗），宫苑内荆棘丛生（荆棘上参天）。地上无路（侧足无行径），荒田少耕（荒畴不复田），四处萧条（中野何萧条），不见人迹（千里无人烟）。

曹植用白描的笔触揭开了洛阳的劫后余生，凄凉而惨淡。

过故洛阳城（其二）
北宋　司马光

烟愁雨啸黍华生，宫阙簪裳旧帝京。

若问古今兴废事，请君只看洛阳城。

编写《资治通鉴》的司马光在细数周秦汉唐的千年故事之后，深深一叹：历经治乱荣辱的洛阳更像是一册资料翔实的帝国兴衰日记本。

郭德纲说评书说单口相声时，常喜欢说这首定场诗：

道德三皇五帝，功名夏后商周。

五霸七雄闹春秋，顷刻兴亡过手。

青史几行名姓，北邙无数荒丘。

前人田地后人收，说甚龙争虎斗。

有人说这首诗取自明朝杨慎的《廿一史弹词》。尽管这一组弹词当中有《临江仙》（滚滚长江东逝水）这样的经典，但其他作品（包括这首定场诗）读来实在让人摇头，跟《三国演义》的开篇词完全不在一个层级上。

这首定场诗唯一让我记住的，是"北邙无数荒丘"。

北 邙 山
唐 沈佺期

北邙山上列坟茔，万古千秋对洛城。

城中日夕歌钟起，山上惟闻松柏声。

生前繁华的是洛阳城，死后长眠的是北邙山。北邙山位于洛阳城北，黄河南岸，系秦岭余脉，崤山支脉。山上目前能够确定的就有历朝的 24 座皇帝陵，堪称皇陵之最。此外，还有一堆数不过来的王侯将相、才子佳人的坟茔。这里的确留下了"青史几行名姓"。

既然是万茔之地，古人又有厚葬的习俗，于是催生了一个行业：盗墓。拜《盗墓笔记》这类热门小说的扩散，摸金校尉、发丘中郎将、洛阳铲……成为热词。

邙山陵墓群出土的文物

据说摸金校尉、发丘中郎将都是当年曹操为了补贴军饷，鼓励手下盗墓而发明的官职。可是除了在陈琳的《为袁绍檄豫州文》中看到类似的字样外，正史中并未见相关记载。何况陈琳是替袁绍写下讨伐曹操的战斗檄文，贬损诋毁对手的主观性因素太多，可信度存疑。盗墓挖坟还能给到校尉、中郎将这样相当于团级、师级的中高级军职，听起来更像是小说家的杜撰。如果一定要在汉末乱世找一个类似孙殿英那样的东陵大盗，在洛阳城外纵兵乱挖皇陵的董卓倒是能算一个。

有趣的是那把铲子。从盗墓标配到考古神器，状如马蹄的洛阳铲挖开的是前人的秘密，铲起的是祖先的遗言。非两千年帝都，不能配得上如此神器。

金陵无力

洛阳有铲，金陵有花。什么花？玉树后庭花。

金陵怀古
唐　刘禹锡

潮满冶城渚，日斜征虏亭。
蔡洲新草绿，幕府旧烟青。
兴废由人事，山川空地形。
后庭花一曲，幽怨不堪听。

读刘禹锡的怀古诗如同喝酽茶，一杯下肚，那醇厚的茶味从舌尖出发，在你的体内慢慢漾开，仿佛引你翻开了一册书影斑驳的史书：日暮时分，潮涌名剑吴钩的铸造台，夕阳斜照昔日的吴王征虏亭。当年东晋的陶侃、温峤对抗苏峻叛军的蔡洲又添了新草，王导屯兵的幕府山烟霭如旧。历史的经验告诉我们，国家兴亡取决于人事，山川险地不过是附件。陈后主那一曲《玉树后庭花》的亡国之音，究竟能让多少后人引以为戒？

虽然是六朝古都，但金陵的历史形象颇为尴尬。因为与之相伴的王朝多是半壁江山、短命朝廷。江南灵秀之地，最易让人生出抱残守缺的满足，消磨掉逆风飞扬的决绝。如果说江南温柔乡是一锅温吞水，那么《玉树后庭花》的靡靡之音不知耗死了多少曾经做过英雄梦的"青蛙"。

金　陵

清　纳兰性德

胜绝江南望，依然图画中。
六朝几兴废，灭没但归鸿。
王气倏云尽，霸图谁复雄。
尚疑钟隐在，回首月明空。

当纳兰性德来到旧都金陵，江山依旧如画。六朝早已作古，眼前只有南飞北归的鸿雁。感慨六朝兴亡故事的他，想起了钟隐居士李后主的名句"故国不堪回首月明中"。故国还在，诗句还在，恍若隔世的纳兰甚至怀疑是不是后主也还在。回首月明之时，他才发现一切皆空。

纳兰是李煜的旷代知己，两人的惺惺相惜只不过撩拨了一下明月的寂寞。

东晋"衣冠南渡"之后，这帮清淡之士经常在风和日丽之际，相邀来长江边的新亭聚会。酒酣耳热之际，名士周颛（yǐ）停杯叹息："风景依旧，但江山却换了主人。"一句话惹得这帮文人都抹起了眼泪。这时，派对主角丞相王导一脸严肃："一帮大老爷们儿哭什么哭！现在我们应当合力效忠朝廷，光复故土！""新亭对泣"于是成为一个著名的典故。

大话谁都会说，关键在于说完之后的行动。后来的历史显示，王导也是一个光说不练的假把式。不只王导一个，南朝有过北伐成功的英雄吗？江南的朝廷有过直捣黄龙的胜绩吗？严格意义上来说，除了朱元璋北伐元大都，将蒙古人赶回草原，实现暂时的胜利外，南方少有可以扭转乾坤的逆袭者。

金陵怀古
唐　司空曙

辇路江枫暗，宫庭野草春。
伤心庾开府，老作北朝臣。

路过金陵的司空曙面对江南残破的六朝宫苑，想起了庾信。

庾信才高，却命运多舛。曾任南朝萧梁的高官，奉命出使西魏时，萧梁被西魏所灭，无奈留居北方。西魏人仰慕他的才干，请他参政，一路升至开府仪同三司的宰相级高位。此后，北周取代西魏，庾信仍被授以开府治事的顶级待遇，因此人称"庾开府"。此后，南陈与北周通好，滞留北方的南朝士人可以还家，偏偏不准庾信南归。生活在别处的庾信一直到隋朝开国也没能回到故都，最终客死北方。

司空曙在金陵遥想庾信，是同情他的际遇，还是心有戚戚？羁留北地的庾信目睹北朝政权的更迭，耳闻南朝梁、陈的灭亡，在极度缺乏安全感的乱世听到了南方故国的呼唤：你快回来！

很可惜，这喊声里掺杂着各种不靠谱，嚷嚷得越响，越显出南朝骨子里那股无能的力量。

石 头 城

唐 刘禹锡

山围故国周遭在，潮打空城寂寞回。

淮水东边旧时月，夜深还过女墙来。

真正读懂金陵的，还是刘禹锡。

相比长安、洛阳，金陵更阴柔，给人的沧桑感也不明晰，有些落寞，有些不甘，还有些自怜。于是，刘禹锡就在一片空荡荡的时空里，讲了一个没头没尾、似懂非懂的故事：山围空城，水拍石墙，夜半月明。就是这样一幅单调得不能再单调的画面，因为荒废的空城、寒凉的江潮、朦胧的月色，幻化出当年淮水畔纸醉金迷的六朝往事。物是人非之际，偏偏群山有意围住周遭，江潮主动寂寞拍城，更有旧时烟月于夜深之际还要照过女墙。别说草木无情，千百年过后，还能缅怀斯人斯城的，恰恰是山，是水，是明月，是曾经不言不语不动不摇的山川风物。

刘禹锡的好友白居易在读完这首诗后给出了总结性评价："我知后之诗人无复措词矣。"的确，从"金陵王气黯然收"到"旧时王谢堂前燕"，刘禹锡直接锁定了六朝故都的魂魄，其他人只能步他的后尘了。

当年，西晋的左思因为一篇《三都赋》直接带动洛阳当地造纸行业的扭亏为盈，成语"洛阳纸贵"应运而生。这三都便是魏都洛阳、吴都金陵和蜀都成都。于中国历史而言，真正配得上千年帝都称号的是西安、洛阳、开封、北京和南京五城。打开中国地图，西安、洛阳、开封，从西至东，呈一条直线；北京、南京，双城纵贯南北。五座古都如五星连珠，确定下了中华的版图。

北京的故事不少，只是聊的人太多；汴梁在五都当中，底蕴又略显单薄，剩下长安、洛阳和金陵三都，经事无数，阅人无数，但是它们的故事其实我们远没有读完，读懂。

洞庭：谁的 Pose，谁的人生

　　23 年前读唐浩明的名作《曾国藩》，一开场，洞庭湖遇雨桥段便深深吸引了我。

　　回家奔丧的曾国藩泊船洞庭，登岳阳楼少歇，突遇大雨。"大雨哗哗而下，雨急风猛，温顺的洞庭湖霎时变成了一条狂暴的恶龙。曾国藩坐在楼上，浑身感到凉飕飕的。他有点担心，这座千年古楼，会不会被这场暴风雨击垮？"

　　这时，湖面上一只小木排被风浪打翻，上面一个十来岁的小女孩被卷进湖中。危急时刻，旁边一只木排上跳下一个年轻人，于风浪中救起女孩，并将倾覆的木排拉回岸边。

　　楼上旁观的曾国藩为年轻人的义举和神勇折服，叫家人请年轻人上楼一叙。寒暄得知，此人叫杨载福——他便是后来湘军水师名将杨岳斌。

岳阳楼遇雨展开了曾国藩此后 20 年波谲云诡的人生画卷。此前 41 年，他的生活或许平庸，或许平安，但是接下来的人生下半场注定风大浪急，而他也将带领杨载福等一干勇士于沧海横流中建不世奇功。

此刻的曾国藩，憔悴、踌躇。

全国四大淡水湖中，名列第二的洞庭湖孕育的诗词最多。江南三大名楼虽然都以诗文名世，但是要论诗文数量和知名度，洞庭湖畔的岳阳楼遥遥领先。正如范仲淹所说，"迁客骚人，多会于此"，他们在洞庭湖上纷纷竖起剪刀手，摆出了迥然相异的 Pose（姿势）。

自　荐

虽然名列唐朝山水田园诗派代表人物，但这对孟浩然来说实在是有苦难言，因为他的人设出了 Bug（漏洞）。不信来看这首诗。

临洞庭湖赠张丞相

唐　孟浩然

八月湖水平，涵虚混太清。

气蒸云梦泽，波撼岳阳城。

欲济无舟楫，端居耻圣明。

坐观垂钓者，徒有羡鱼情。

顾名思义，这首诗其实是孟浩然写给当时的中书令张九龄的一封自荐信。

文人脸皮薄，不好意思直接说，你帮我跟皇帝推荐推荐啊，于是变着法转着弯地给洞庭湖的景色做了一番白描：八月的洞庭，天映水，水接天，汪洋浩瀚。笼罩在湖面的水气茫茫一片，吞没了江北的云泽、江南的梦泽。西风起时，潮涌湖岸，仿佛要摇动岳阳城。在孟浩然的笔下，有远有近，有动有静，洞庭湖更像是大唐的一个缩影。

做足了铺垫，孟浩然开始说正事：湖水浩浩汤汤，我想要渡湖却没有船只。潜台词就是，我目前还是在野之身，想为朝廷效力，却找不到舟楫——张丞相你就是我的渡江楫。在这个太平盛世不出来做一番事业，实在是浪费才华啊。

他再跟进一步，我坐在岸边看着那些钓鱼的人，只能是眼巴巴地羡慕，而这个垂钓者指的就是张九龄。孟浩然的高明在于，他把"临渊羡鱼，不如退而结网"的典故巧妙地安到了洞庭湖上，丝毫没有违和感。

本来一句就可以说清的，"张丞相，你快用我吧。"却一直硬撑着那张文人不肯放下的面子。孟浩然在得体的分寸拿捏中，实现了一次不失身份，又没有嘚瑟的自荐。

有人评价这首诗："前半何等气势，后半何其卑弱！"抱歉，他没有理解孟浩然的苦衷。孟襄阳从来就不是陶渊明式真心拥抱田园的隐士，也不是王维那样懂得山居逸趣的文人。他更像是身在山野，心向庙堂。田园只是他的暂时栖身之所，他的终极目标是庙堂。不是孟浩然的心思隐藏得太深，便是我们读诗的时候太实诚，反正孟浩然成了最不安分的山水田园诗人。

此刻的孟浩然，跃跃欲试。

泪　奔

登岳阳楼
唐　杜甫

昔闻洞庭水，今上岳阳楼。
吴楚东南坼（chè），乾坤日夜浮。
亲朋无一字，老病有孤舟。
戎马关山北，凭轩涕泗流。

早就向往洞庭湖，今日终于实现夙愿。但是在首联两句平淡无奇的叙述中，我们看不到一点登临岳阳楼的兴奋。其时杜甫 57 岁，他的生命余额还有不到两年。我倒觉得他的那句经典诗句更符合此情此景："万方多难此登临。"

站在岳阳楼上远眺碧波，"天倾西北，地陷东南"。正是洞庭湖水的洪荒之力，实现了吴楚之地指向东南的漂移。天地万物仿佛都随着洞庭湖的波涛一起浮浮沉沉，习惯了每一天的日升月落。这是在写洞庭湖的苍茫辽远，还是在说大唐的分崩离析？

由景及人，杜甫想到亲朋好友近来没有一点消息传来，年老多病的自己如同湖上的一叶小舟孤苦伶仃。洞庭波涌，孤舟无计——一个充满无限内涵的画面：大时代大变乱的背影下，大唐王朝浩渺苍凉，老年杜甫落寞无助。

虽然安史之乱已经结束，可西南的吐蕃又来入侵，北方的战事什么时候才能结束？关山烽火，老杜凭轩——同样又是一幅叠加起来将会引发联想的画面。杜甫毕竟是杜甫，他的心中永远都装着一个心忧天下的大我，一份悲天悯人的大情怀。涕者，无声之泣也。手扶轩窗的杜甫瞬间泪奔，为多舛的命运，为天下的苍生，为残破的大唐。

杜甫一生登山、登台、登楼无数，有"会当凌绝顶，一览众山小"（《望岳》）的豪迈，有"万里悲秋常作客，百年多病独登台"（《登高》）的孤绝，还有"回首叫虞舜，苍梧云正愁"（《同诸公登慈恩寺塔》）的无奈，但此刻百病缠身的他面对洞庭碧波，感物伤怀涕泪横流，着实让人可怜。不过，他的文字不可怜，情怀不可怜，眼界不可怜，照样感天动地，气韵沉雄——这便是诗圣的 Pose（姿势）。

微　　笑

作为北宋文坛一位重量级男神，黄庭坚在洞庭湖上的 Pose（姿势）举重若轻。

雨中登岳阳楼望君山二首（其一）

北宋　黄庭坚

投荒万死鬓毛斑，生出瞿塘滟滪关。

未到江南先一笑，岳阳楼上对君山。

50 岁那年，因为《神宗实录》编修中一些莫名其妙的问题，黄庭坚遭奸臣诟病，被贬谪巴蜀环境恶劣之地长达 6 年。1100 年，徽宗皇帝即位，黄庭坚被放还。两年后的正月，辗转出川的他从湖北顺江东下，途经岳阳，遭遇连日大雨，只得驻步。

那一日，黄庭坚独自一人冒雨登上岳阳楼。面对烟雨中的湖山胜景，他不禁感慨：经历了万千磨难，头发花白的我差点死在那蛮荒之地，真的没想到还能活着走出瞿塘峡和滟滪关。虽然还没到江南老家，但是此刻的我站在岳阳楼上，已经可以笑对君山了。

读诗的我们能够体会那种如释重负的轻松：那一刻的黄庭坚，微微一笑很倾城。

雨中登岳阳楼望君山二首（其二）

北宋　黄庭坚

满川风雨独凭栏，绾（wǎn）结湘娥十二鬟。

可惜不当湖水面，银山堆里看青山。

风吹雨打中的君山峰峦起伏，如同传说中娥皇和女英梳起的各式发髻。可惜无法直接站在洞庭湖面上，只能在一堆银山当中遥望君山。

此刻，度尽劫波的黄庭坚心中，不只是死里逃生的庆幸，更有不惧风雨的坚韧。经历过那么多的噩运，眼前这点风雨又算得了什么呢？回首来时路，悲欣交集的黄庭坚

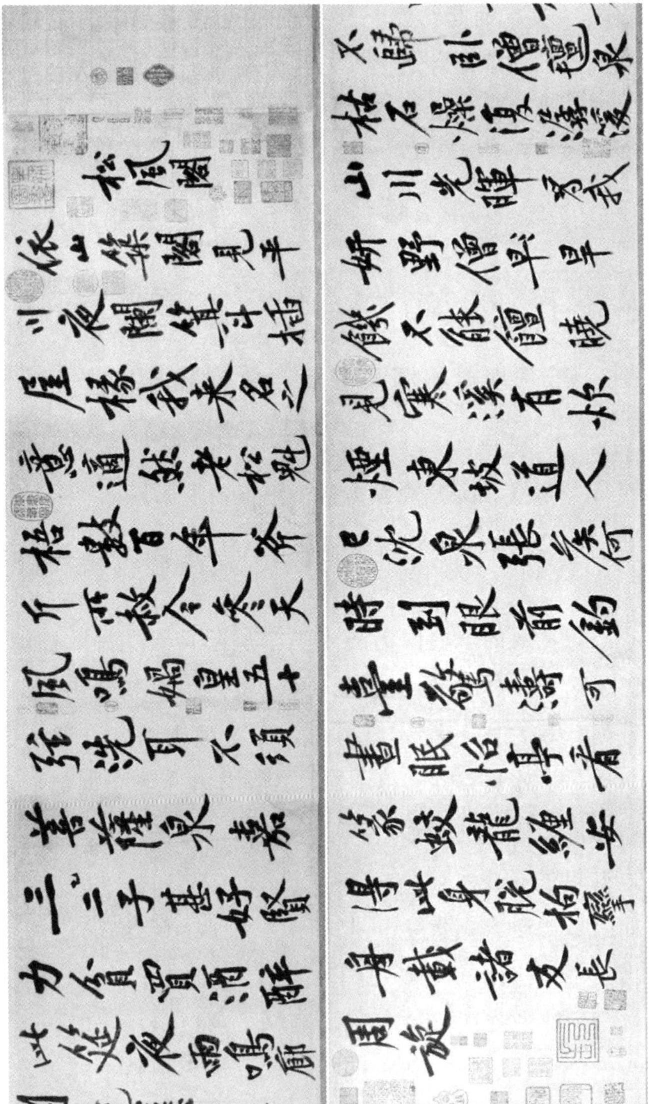

天下第九行书·黄庭坚《松风阁诗帖》

不是凄然一笑，而是微微一笑。他甚至想穿越凄风苦雨，站到洞庭湖的波峰浪谷之上，与君山端端正正地对视一番。死过一回的他已然胸次浩荡，笑对平生了。

疏　狂

最令人称奇的，还得说李白的 Pose（姿势）。

陪侍郎叔游洞庭醉后三首（其三）

唐　李白

刬（chǎn）却君山好，平铺湘水流。

巴陵无限酒，醉杀洞庭秋。

一心想从政的李白因为随永王李璘起兵叛乱失败被流放夜郎，遇到朝廷大赦，回到江夏。虽然他对朝廷还有幻想，但朝廷早已把他拉入黑名单。失意的李白闲逛湖南，在岳州遇上了族叔李晔。很不幸，这位族叔也是个倒霉蛋，刚从刑部侍郎任上被贬谪岭南。于是两个官场失意人在洞庭湖边喝起了闷酒。

如果是普通人，肯定一把鼻涕一把眼泪，边喝边哭。李白当然不会这样。人家一张口：把君山给我铲了（"刬"同"铲"），让湘江的水流得更加顺畅。这巴陵（唐时曾改岳州为巴陵郡）的洞庭湖水就是一坛好酒，把整个秋天都喝醉了。

面对湖山，上来直接就要把君山给铲了。好大的口气！从古至今，敢在洞庭湖边说这样大话的，仅此一例。不过，这不是狂人说醉话。结合李白的境遇，我们就能理解他这是在排遣心中的郁闷。他要铲却的其实不是君山，而是世间的坎坷不平。他要为自己以及同自己一样有才华有抱负的人，拓开一条施展才华的通天大道。

"巴陵无限酒，醉杀洞庭秋"，既是自然景色的绝妙写照，又是李白思想感情的曲折流露。他渴望拥抱洞庭湖的秋天，饮下洞庭湖水似的无穷美酒，尽情一醉，以此冲去积压在心头郁郁不得志的愁闷。

都说举杯消愁，可是面对洞庭一湖无限酒，有几人能够一饮而尽？

洞 庭 梦

醉杀李白的洞庭秋夜究竟是一番怎样的景致？

望 洞 庭

唐 刘禹锡

湖光秋月两相和，潭面无风镜未磨。
遥望洞庭山水翠，白银盘里一青螺。

把迷蒙的湖面比作未经磨拭的铜镜，把君山看成是洞庭这只白银盘里的玲珑青螺，月白风清，湖山一体，因为超凡的想象力，这首诗家喻户晓。

题 君 山
唐　雍陶

风波不动影沈沈，翠色全微碧色深。

应是水仙梳洗处，一螺青黛镜中心。

　　这首诗和刘禹锡的《望洞庭》有异曲同工之妙。只不过雍陶的角度更特别，他是借水中倒影来描绘君山的深翠明丽，同时引出湘君、湘夫人的神话传说，凸显君山与洞庭的空灵秀润。在雍陶眼中，君山更像镜中仙子头上青色的螺髻。

题龙阳县青草湖
元　唐珙

西风吹老洞庭波，一夜湘君白发多。

醉后不知天在水，满船清梦压星河。

　　龙阳县在今天的湖南汉寿，青草湖在洞庭湖东南部，因湖的南面有青草山，故称青草湖。青草湖与洞庭湖一脉相连。

　　如果说雍陶虚实结合的手法展现了洞庭湖镜花水月般的跳脱，那么唐珙则以景记梦，将这份奇幻色彩发挥到了极致。

　　唐珙也在悲秋，但是他没有明说，而是借用了传说中湘君的形象：西风劲吹，一夜白头，老得如此触目惊心，欲说无言。

　　波静涛息，小舟自横，自斟自饮的唐珙在微醺中渐入梦乡。迷迷糊糊之间，他感觉自己不是在湖上泊船，而是在星河里摇桨，船的四周星汉灿烂。

　　真心觉得唐珙一定拥有一颗孩子般的童心，否则怎么会定格这样一幅绝美的星夜泛舟图？

　　唐珙是失落的，在洞庭的碧波间无奈老去；唐珙又是有梦的，在"春水船如天上坐"的夜里，他编织了如梵·高《星月夜》一样的梦境。在天上，还是在水中？是梦境，还是现实？是清梦压住了星辰，还是小船载动了美梦？

　　正因为一连串的奇思妙想，这首诗一直被收录在《全唐诗》，偏偏唐珙姓唐，字温如。于是作者一栏被记作：唐温如或唐　温如。直到20世纪80年代，中山大学的陈永正先生考证出来，这首像极了唐诗的作品其实出自元朝诗人唐珙之手。

　　虽然作者的年代被穿越了，所幸这首诗也被我们牢牢记住。

仁　心

　　提洞庭湖、岳阳楼，不能不提范仲淹的《岳阳楼记》。令我称奇的不是范仲淹的文字，而是这篇文字的出炉。

　　"庆历新政"失败后，总设计师范仲淹被贬谪河南邓州。他的好友滕宗谅（字子京）镇守边关泾州，为防御西夏的进攻，动用公款犒劳军士，抚恤遗属，却遭人弹劾滥用公款，被贬到岳州巴陵郡。到任后，滕子京不计个人得失，勤政为民，扩建学校、修筑防洪堤、重修唐朝的岳阳楼……两年下来，政通人和，百废俱兴，人称巴陵"治为天下第一"。

　　宋仁宗庆历六年（1046 年），在重修岳阳楼之后，滕子京给范仲淹写信，请他作记，共襄这"一时盛事"，并随信送上一幅《洞庭秋晚图》，说是"涉毫之际，或有所助"，供范仲淹参考。范仲淹年少时曾在洞庭湖畔读书，因此对周边的风土人情非常熟悉。

　　凭着这幅图画和曾经的记忆，范仲淹完成了千古名篇。

　　与其说范仲淹在替滕子京唱赞歌，不如说他在与老友共勉。此时的范仲淹和滕子京都是贬谪之身，但是二人依旧"不以物喜，不以己悲"，恪守"居庙堂之高，则忧其民；处江湖之远，则忧其君"的信条。这与孟子提倡的"达则兼济天下，穷则独善其身"不谋而合。

　　滕子京给他的命题作文是《岳阳楼记》，但范仲淹写的却是洞庭湖，写洞庭湖上迁客骚人的 N 个 Pose（姿势），合在一起便是他们尝求的"古仁人之心"。

　　12 年前，范仲淹贬谪睦州（今浙江建德），为纪念东汉名士严光而修建严先生祠堂。建成之际，范仲淹作歌："云山苍苍，江水泱泱，先生之风，山高水长。"他所歌颂的正是严光不慕虚名的高风亮节。多年过去，范仲淹身体力行，一直实践的也是"先生之风"。

所以，清朝的金圣叹这样赞叹范仲淹和《岳阳楼记》："一肚皮圣贤心地，圣贤学问，发而为才子文章。"

岳阳楼修复不满一年，滕子京调任苏州，3个月后，病逝于任上，时年56岁。

5年后，范仲淹卒于徐州，终年64岁。

"先天下之忧而忧，后天下之乐而乐"遂成绝响。

前些年，老家湖南的诗人陈益洪于梦中偶得佳句："迟波还同洞庭老，啸歌要问七年期。"

关于这两句诗的含义，陈益洪并未做明确解读。在我看来，当时年近知命的他和家乡许下了一个约定，为期7年。7年不长，新鲜的爱情到时都可能发痒生厌；7年不短，枕木、樟木长在一起要7年之后方才可以分辨，所以白居易才说"辨材须待七年期"。7年，足以完成一个承诺。陈益洪期待未来的某一天能够归卧潇湘，泛舟洞庭。到那时，把酒临风，不问功名。

洞庭湖上，人来人往。谁的Pose（姿势），谁的文章，谁的人生，谁的梦呓。

跋

　　今年春天，我费尽周折终于找到一位修笔老师傅，修好了我那支笔胆老化的钢笔。

　　这支笔跟我的年头儿可不短了，整整 21 年。

　　现在提倡无纸化办公，很少有人动笔写字了。即便写字，也会选择方便实用的一次性签字笔。吸墨水的老式钢笔属于另类。

　　我的这支钢笔格外另类。笔杆又粗又沉，笔尖又宽又大，儿子每次拿起这支笔，都说在耍青龙偃月刀。

　　我喜欢用这样又沉又大的钢笔，如同《神雕侠侣》里杨过手中的玄铁剑。

　　我抄写诗词的习惯大约也保持了 20 多年。我以为，诗词不仅要读、要背，还要抄录。每一次抄录都是一次心手合一的默读，一次聚精会神的膜拜，一次设身处地的思考。

明末大儒张溥幼年读书，每逢一册新书，总是抄一遍，诵读一遍，然后烧掉稿样。再抄一遍，再读再焚，如此反复六七次下来，书里的文字便印入他的脑海，书中的思想已变成他的知识储备。他的"七录斋"故此得名。

我不敢比张溥，只是陶醉于认真抄录诗词文章的过程：在抄写中采撷精华、在吟咏间寻找默契、在研习时实现升华。日常遇到喜欢的诗词文章，我都会将近期使用的笔记本倒过来，从后往前抄录，以便随时翻阅学习。

复旦大学历史系的葛兆光教授是我极为推崇的一位学者。作为研究东亚与中国宗教、思想和文化史的专家，他曾出版过一本名为《唐诗选注》的小书。尽管是他的跨界作品，但在我看来却是一本最好的诗词专业书。全书收录了78位唐朝诗人的282首作品，葛教授为此不仅把《全唐诗》淘了一遍，而且把手边可以找到的有关的诗话笔记小说以及其他朝代的诗歌也统统翻了个遍。他将诗词置于文化史的长河，以翔实的比较、深刻的洞察使得这本书异峰突起，将那些照本宣科、人云亦云的同类图书甩出好几条街。

研究历史，研究诗词，其实道理都是相通的。讲求化繁为简，以重克轻，以拙胜巧。一如杨过玄铁剑上刻着的那八个字：重剑无锋，大巧不工。

诗词是文学的瑰宝，也是史学的奇葩。更多时候诗词可以看作是历史的搜索引擎。点击诗词，链接到那些历史人物和历史故事，我们会有意想不到的收获。比如，《木兰辞》里"昨夜见军帖，可汗大点兵。军书十二卷，卷卷有爷名""东市买骏马，西市买鞍鞯。南市买辔头，北市买长鞭"这两段诗句展现的正是北朝开创的府兵制。面对纷繁复杂的历史事件，诗人的眼光有时更犀利。在《汴河怀古》诗中，唐朝诗人皮日休轻松吟道："尽道隋亡为此河，至今千里赖通波。若无水殿龙舟事，共禹论功不较多。"寥寥四句便完成了关于隋炀帝杨广的功过评价，客观全面又不失公允。

在《横看唐诗竖读宋词》这本小书中，我逐一点击18个关键词，展开数百首诗词，看诗人成就传奇，听传奇吟咏诗篇，任诗篇定格记忆，让记忆还原历史。当历史纵贯下去，我们看见千古；当诗词横铺开来，我们领略万方。

感谢合肥工业大学出版社资深编辑疏利民兄。他懂我，更懂诗词。

感谢合肥市图书馆馆长李永钢先生邀我走上"趣味国学"讲台，带孩子们一起"细检诗坛李杜，词苑苏辛佳什"。

感谢安徽省作协副主席胡竹峰先生为本书欣然作序。

感谢我的家人。他们是我每篇文章的第一读者、第一校对。

更要感谢曾经与我交流、给我指导的老师、朋友，是你们让我的知识盲区越来越少。

说历史讲诗词，我没有戏说，你没有"吃瓜"，你我都很认真。

朱首彦

2019 年 6 月 6 日